U0450454

信号

上

[韩]金银姬 李仁熙 著

薛舟 徐丽红 译

中国友谊出版公司

目 录

CASE 1 — [PAGE 001]
金允贞绑架案
2000年7月29日

CASE 2 — [PAGE 049]
京畿南部连环杀人案
1989年11月7日

CASE 3 — [PAGE 115]
大盗案
1995年9月10日

CASE 4 — [PAGE 187]
申多惠自杀事件
1995年12月

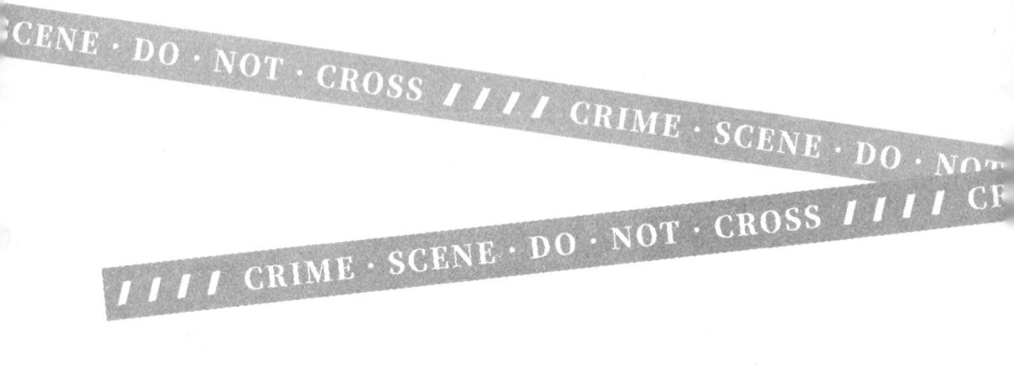
CENE · DO · NOT · CROSS //// CRIME · SCENE · DO · NOT
//// CRIME · SCENE · DO · NOT · CROSS //// CR

CASE 1

金允贞绑架案

京畿道 晋阳市

2000 年 7 月 29 日

公诉时效只剩下不到5分钟了。

海英死死地盯着尹秀雅,喃喃自语:

"快说吧,是你杀的,说呀……"

这时,尹秀雅缓慢地抬起头,

冷漠的脸渐渐发生变化,阴森森的微笑在脸上弥漫开来。

CASE 1

金允贞绑架案

一

好热。蝉在恼人地鸣叫，孩子们发出闹哄哄的笑声，好像要把蝉鸣声盖住。体育课上，孩子们穿着运动服，手里拿着羽毛球拍，排队站在操场上。老师给孩子们分了组，孩子们和各自的搭档打起了羽毛球。

一个孩子没换运动服，罚站似的独自站在角落。他低着头，一只脚踢着无辜的地面。他是海英。他没有准备上课用品，也没有运动服，只是偶尔用抱怨的目光往操场上看一看。他也想打羽毛球，可是不能。海英脸上露出烦躁而又无奈的神情，看着其他的孩子们。突然，他感觉有人在看自己。原来是允贞。她坐在操场的台阶上看着同学们在运动。她带了上课用品，也穿了运动服，也许是身体不舒服的缘故，她没有和同学们一起到操场上运动。允贞有气无力地坐着，和海英目光对视的瞬间，脸上立刻露出灿烂的笑容。允贞灿烂的笑容令海英感觉很不自在，慌忙避开了她的视线。

"她怎么突然冲着我笑？"

海英假装没看到，蹲下身体，用手指在地上涂鸦。

"可是她为什么笑呢？"

海英心里好奇，抬起头来，再往台阶那边看的时候，允贞已经不见了踪影。

"这……"

允贞不知什么时候来到海英身后，递给他一支羽毛球拍。海英瞥了允贞一眼，不知如何是好，索性板着脸去了别的地方。允贞不知道自己做错了什么，手里拿着球拍，怔怔地站在原地。2000年7月29日。

铃响了。所有的课程终于都结束了。同学们兴奋地跑出教室，只有海英

信 号 [上]

一

久久没有站起身来。外面雨很大。夏日的天气总是说变就变，海英当然也带了伞。但是伞太旧，他没有勇气在同学们面前撑开。他静静地坐在座位上，等待所有的同学都离开。

门前乱糟糟的，挤满了前来接孩子的妈妈和撑伞收伞的孩子。不一会儿，噪声渐渐平息，只剩了雨声。海英慢慢地站起来，朝门口走去。允贞没有走，静静地站在门前。允贞没带雨伞，大概是在等妈妈。要不要和她一起撑伞呢？海英迟疑片刻，最后还是放弃了这个念头。不知为什么，他尤其不想在允贞面前撑起那把破旧的雨伞。这时，允贞发现了海英，像在操场上那样灿烂地笑了。海英半是歉疚，半是惊慌，急忙转移视线，朝着操场跑去。他和大多数的小学男生一样，不擅长表达自己的想法。海英明明有伞，却冒着雨奔跑。他回头看了看，允贞仍然站在门前。她应该是在等妈妈，不用为没有和她一起撑伞而内疚。这样想着，海英继续向前跑去。突然，他的视线捕捉到了什么。攀登架前站着一个女人，学校里很少看到那样的装扮。

黑色雨伞半遮着脸，只能看到涂了红色唇膏的嘴唇。身穿华丽正装，脚穿红色尖跟皮鞋的女人，她是允贞的妈妈吗？她为什么不到允贞身边，而是站在那儿不动？海英盯着女人看了一会儿，受不了瓢泼大雨的冲击，继续向前跑去。跑到正门时，他回过头来，看见允贞拉着那个女人的手，一起撑着伞走向后门。果然是来接允贞的。海英这才放心地撑开雨伞。

回到家，海英简单擦干身体，开始烧水。他熟练地把泡菜装进盘子，拿出小饭桌，走向电视机。他撕开大碗面的包装，小心翼翼地倒入开水，打开了电视。也许是冒雨奔跑的缘故，海英肚子饿了，面一熟，他就撕掉盖子，狼吞虎咽地吃了起来。

CASE 1

金允贞绑架案

一

"下面是新闻快报,京畿道晋阳市一名小学生在放学途中遭到拐骗,警察开始介入调查。"

听到电视里传出的声音,海英吓了一跳。他连忙放下筷子,紧紧地盯着电视屏幕。允贞的面孔被放大,出现在屏幕上。允贞的照片旁边,详细记录着她的年龄、衣着和身体特征。海英明白了,那个女人不是允贞的妈妈。他彻夜未眠。大人应该会找到她吧。海英担心了一夜,直到早晨才朦朦胧胧地睡去。但是,海英的心愿没有变成现实,第二天允贞没有上学。

学校里到处都是电视台的车和记者。孩子们牵着妈妈的手上学,摄像机不可阻挡地拍下孩子们的面孔。记者们拿着麦克风,拉着孩子问个不停。妈妈们则紧紧地拉着孩子的手,急匆匆地走进校门。

"请问你认识金允贞同学吗?"

"你怎么看待金允贞同学被拐骗事件?"

"允贞同学平时是怎样一个人?"

听到这些铺天盖地的问题,海英害怕了。他想起哥哥,想起哥哥的背影和看着哥哥被人带走,还有朝着妈妈跑过来的人们。他想起带走允贞的那个穿着红色皮鞋的女人的背影。海英不停地后退。

允贞失踪三天了,还是没有回来。放学路上,海英站在家电维修部门前,看电视新闻。

"金允贞同学被拐事件的关键嫌疑人出现。通过恐吓信和犯罪现场发现的指纹推断出的嫌疑人徐亨俊目前就读于尚进大学医学院,据悉正受到信用卡债务的困扰。"

新闻中出现了戴眼镜男人的照片,说他是拐骗允贞的嫌犯。

信号〔上〕

一

"奇怪,带走允贞的是个女人啊。"

海英跑回家,放下书包,然后朝着晋阳警察署走去。明明是个女人。必须告诉警察叔叔。海英在警察署门前深呼吸。我可以说,我必须说。这样想着,他走进了警察署。缓慢地推开沉重的玻璃门走进去,警察署比想象中安静得多。海英低着头,只能听到奔走的脚步声。该对谁说,怎么说呢?他又想起了哥哥。被五花大绑带走的哥哥,血淋淋的哥哥,总是冷冰冰的警察们的背影。想起那时的情景,海英有些犹豫,最后还是下定决心。要想找到允贞,他就必须说出来。他走上前去,抓住从旁走过的警察,不管三七二十一地说道:

"叔叔,不是的,不是男人。"

警察很不耐烦地推开海英,继续向前走去。海英急了,奋不顾身地抓住迎面走来的警察,缠着他们说:

"叔叔,犯人,不是男人。什么?我说不是。"

任凭他怎样纠缠都无济于事,没有人愿意听他说话。这时,海英看到了民怨箱。他拿起民怨申请书,写下"犯人不是男人"几个字。正准备塞进民怨箱的时候,他突然又想,如果直接交给某个人应该更好,于是叠起纸来,塞进口袋。

允贞最终也没有回来。几天后,她的尸体才被发现。葬礼很简陋,遗像上的允贞面带微笑,脸上露出和死亡不协调的稚气。允贞的妈妈脸晒得黝黑,痛哭失声。

"允贞啊,我的允贞怎么会这样,怎么这么可怜……"

CASE 1
金允贞绑架案
一

允贞妈妈哭着喊着，挣扎着送走了允贞。不，没能送走。

葬礼之后，曾经在校门口折磨同学们的记者都消失了。"几千张模拟画像和数百名警力，几千万国民共同投入寻找允贞的行动，最后金允贞同学还是变成了冰冷的尸体"，这篇报道之后，电视上就再也没有了允贞的身影。允贞的空座位上放着洁白的菊花，同学们难以接受朋友死亡的消息，止不住地哭泣。在哭泣的同学们中间，海英总觉得难以释怀，好像是自己犯下的错。如果当时给她打伞就好了，如果清清楚楚地告诉警察"犯人是个女人"就好了。心里怀着莫名的愧疚，他的神色也变得越来越黯淡。

徐亨俊榨取了允贞的5000万元赎金，然后就甩掉警察消失不见了。现在，徐亨俊成为通缉犯，大街小巷到处贴着他的照片。通缉令下发全国，但是依然没有发现他的行踪。根据推测，他很有可能已经逃到了国外。调查似乎有了终结的迹象。为了抗议不再调查允贞事件的警察，允贞妈妈坚持站在警察署门前。她的手里拿着写有"抓住犯人，让笑容回到允贞脸上"的大牌子，一动不动地站在那里，仿佛腿粘在了地上。下雨就淋雨，下雪就淋雪，无论是盛夏的烈日，还是严冬的寒风，允贞妈妈都不管不顾地站在那里。

这样过了一年、两年、三年……时间飞快地流逝。下雪了，开花了，下雨了，刮风了，如此反复。所有的人都忘记了允贞，海英已经长得像死去的哥哥那么大了。一切都变了，唯一不变的是站在警察署门前的允贞妈妈。

海英上初中，上高中，每次路过警察署门前都会见到日趋憔悴的允贞妈妈。牌子上的允贞依然阳光灿烂，而举着照片的妈妈却是将死之人的表情。她像水分干涸的植物，渐渐枯萎。有时，海英也会避开允贞妈妈的视线，走

SIGNAL
信号［上］

一

进警察署，来到民怨受理窗口，一遍又一遍重复几年前说过的话，当时的犯人是个女人。每次得到的回答总是一样：

"知道了，啊，哎呀，知道了，你先回去吧。"

"不，我真的看到了，是女人，明明是女人。"

"那个案子已经当作未结案件处理，你现在说这些也没用了。"

他们还是不肯听海英说话。直到15年之后，允贞才再次被人提起。

"2000年7月死于拐骗案的金允贞女士的公诉时效即将到期，要在7月29日之前抓到犯人，才能追究犯人的罪责。"

新闻播音员空虚的回音之后，某个地方有一只手迅速在日历上画了个X标记。只剩两天了，只要在数字上面再画两个X，那就可以恢复自由了。

"问题在于潜意识。"

2015年7月27日，首尔，某咖啡厅，已经成长为时尚英俊青年的海英正在以犯罪心理分析师的身份和记者交谈。

"客厅装饰柜里的奖杯，书桌上的照片，放在浴室里的一本书，都可以从中看出那个人的潜意识。这在心理学上叫作窥探。"

拿着体育报纸的记者大吃一惊，问道：

"你是说，通过那个什么窥探了解到了这个？"

报纸一版刊登着大名鼎鼎的超级巨星被狗仔队拍下的照片，同时还有承认正在热恋的报道。

"什么？他们恋爱的事吗？"

CASE 1
金允贞绑架案
一

"不,不是这个。昨天夜里10点半,他们两个人在玄津公园后门见面的事,你是怎么猜到的?又不是鬼。"

海英微微一笑,请记者看平板电脑里的照片。那是传出热恋绯闻的一对男女演员和另外一名男演员的照片。

"去年拍电视剧的时候,这三个人发生了三角关系。这是很有名的故事。"

海英停顿片刻,翻到下一张照片。

"这是五天前在机场拍下的。这个男人要去国外拍画报,四天三夜。传出热恋绯闻的两个男女就有了明确立场的时间。看,这是这位问题男演员公开的家。客厅里的照片和海报都很大吧?从统计学的角度分析,这种情况多半是自尊心很强,或者特别爱自己。女人会不停地联系他,他却不同意和她见面。但是在去拍画报的男人回国前一天,心理马其诺防线必然崩塌。因此,时间是昨天,7月26日。"

"时间为什么是10点半?"

"确定约会时间的时候,也需要某些心理活动。第二天早晨10点,男人有一场大型音乐会的彩排,为了赶上时间,那就要在早晨8点钟起床。考虑到自己必需的睡眠时间,和女人交谈所需的时间,还要选择来来往往的行人尽可能少的时间,这样计算出来就是晚上10点半。"

"地点呢?为什么是玄津公园?"

秀贤一直盯着他们两个人对话的场面,从文件袋里拿出垃圾场摄像头拍下的海英照片,对照着看他的面孔。海英不知道秀贤的出现,继续对记者说道:

SIGNAL

信 号 [上]

一

"1989年冷战快结束的时候，布什总统和戈尔巴乔夫总书记进行首脑会谈的场所不是美国，也不是苏联，而是马耳他。为什么？越是涉及尖锐利害关系的会谈，越要在中立场所进行。爱情也是一样。彼此间处于类似于战争的对峙状态，会选在某一方的家里见面吗？肯定会计算移动路线，选择位于两者中间、路灯较少、几乎没有流动人员、戴着帽子身穿运动服也不显得别扭的地方，玄津公园后门长椅旁边，OK？"

听了海英的解释，记者不由得张大了嘴巴，好像被迷惑住了。面对记者的反应，海英淡淡一笑。

"好，那么我们谈谈下一项工作怎么样？"

海英把另外几位艺人的照片放到桌子上。

"他们，下周会在哪里见面呢？"

"他们在拍拖吗？哇，特大新闻，这个你又是怎么知道的？"

听到记者感慨不已的提问，秀贤适时地插嘴说道：

"翻垃圾桶知道的。"

海英大吃一惊，递到他面前的警察证上写着"车秀贤"。年龄30多岁，高个子，短发、健壮的身躯，穿着牛仔裤和夹克，典型的女警形象。不可能是说谎，那么她真的是警察？海英紧张起来。秀贤走到他跟前，把摄像头拍下的翻找垃圾桶的照片递给他看。

海英被带到晋阳警察署重案一组，面带不情不愿的神情，歪歪扭扭地坐下了。原来只是盯着海英看的重案一组警察桂哲开口说道：

CASE 1
金允贞绑架案

一

"我以为到处翻垃圾桶的是野猫,还准备放老鼠药呢。哎哟,竟然是警察,警察。"

海英面带微笑,理直气壮地坐在那里,看上去有些厚颜无耻。秀贤把问题照片放到他面前,语气生硬地问道:

"北大门分队三组组长朴海英警卫[1],对吧?对方,女艺人报警了,说有人偷窥她。"

"偷窥?我就是翻了翻她放在外面准备扔掉的垃圾,如果这算偷窥,那么收废纸的同胞岂不是私闯民宅了?"

"看来你还没搞清楚目前的状况,现在是在职警察翻找单身女艺人的垃圾袋,你变态吗?这还不够,你还卖情报给娱乐记者赚钱?"

桂哲的话惹恼了海英。

"赚钱?我吗?你们可以调查我的账户,我一分钱也没收过。这就是普通的爱好罢了。别人钓鱼或者编织的时候,我用自己的能力了解到隐藏的信息,和别人共享,这是犯罪吗?"

桂哲觉得不可思议,对秀贤说,既然这样,那就以损害警察形象为由开除算了。海英变了脸色,面带嘲讽的微笑挖苦道:

"损害形象?找来告诉你警察怎样才算损害形象好不好?这张桌子是你的吧?"

海英指着的桌子上堆满了文件。那是秀贤的办公桌。海英逐一翻看文件,说道:

---

[1] 警卫:韩国警衔,相当于我国的一级警司。——译注

SIGNAL
信号［上］

一

"远美停车场纵火案和晋阳1栋盗窃案、绿洲沙龙案,这是因为工作量太大而示威,要求减少工作量吗?这样乱七八糟地堆在一起,杂乱无章地调查,像现在这样抓来一个莫名其妙的家伙,这才是有损警察形象。这样的人,总是在对面、旁边、后面的人都看不到,只有坐在椅子上的自己能看得到的位置……"

海英从秀贤的桌子上拿起画有蝙蝠侠图案的小相框,读起了里面的字:

"一副手铐背负的眼泪是2.5升。写下一句这样的话自我暗示,觉得自己毕竟也算一名优秀警察,但是蝙蝠侠不觉得很破坏气氛吗?"

望着脸色僵硬的秀贤,海英置之不理,他把目光转向桂哲的办公桌,说道:

"不过,这个看上去还像是警察。而那个,简直就是典型公司经理的办公桌。"

"喂,喂,不可以。"

桂哲上前阻止,然而海英已经走到桂哲的办公桌前,看过了他书架上的书,拿起插在书籍缝隙间的侦查指南书。

"侦查指南书是吃方便面时垫在底下用的,最近看的书全部都是高尔夫、登山杂志,更重要的是这个五颜六色的名片盒,我用我的人头担保,'这里面肯定有那位女演员经纪人的名片'。"

秀贤不知所措,皱着眉头看了看桂哲。桂哲急忙避开视线。

"你们现在不就是受了那个经纪人的委托来调查我的吗?要不然,我不过是翻了翻垃圾桶而已,为什么要接受重案组的调查,不是吗?这就是你们

CASE 1
金允贞绑架案
一

说的形象吗？有损形象？真搞笑，大韩民国警察还有需要损伤的形象吗？"

静静听着的秀贤突然变了脸色，慢慢地开口说道：

"人们都说哪怕嘴巴歪了，也要好好说话，可是你明明长着好好的嘴巴，说出来的却都是歪理。是啊，警察有什么形象可言，警队里没有教这些，不是吗？所以才去翻垃圾袋啊。"

"不是翻，是调查，你为什么说话这么轻薄？"

"为什么？没有形象的人之间说话就是这样无趣。因为有必要轻薄，所以轻薄。"

正在这时，电话铃响了，秀贤立刻接起电话。

"晋阳署重案一组……"

秀贤停了下来，叹了一口气，接着开口说道：

"啊，是的，明白。"

放下电话，秀贤又朝海英走去。

"我们本来可以好好玩玩儿的，现在完了，对方撤诉。"

"他们撤诉，我还不愿意呢。我要查清楚你们是不是收了贿赂才接受委托……"

海英明明知道事情已经结束了，但他还是怀着试试看的心情步步紧逼。

"是吧？这样才有意思呢。垃圾袋对贿赂委托，强强对话，同样丢人，看看最后到底谁能胜利。"

没想到秀贤这么强势，海英无言以对，一件一件收拾着衣服，说道：

"记住了，今天我放你们一马。"

SIGNAL

信号〔上〕

一

彼此都竖起了触角,却又各自提心吊胆的海英和桂哲都放下心来。海英有些尴尬,夺门而出。秀贤跟在后面,冲着消失在走廊尽头的海英喊道:

"不用送你了吧?讨厌警察、形象良好的朴海英警卫,趁着还不算太晚,开始新的起点吧。你,不适合做警察。"

秀贤的忠告令海英勃然大怒。他转过身,对着空气回答:

"以后不要再见了。"

他想快点儿离开。那段不愿再次想起的时光。走在熄灯的过道里,海英突然想起了那时的情景。

"叔叔,我看到抓走允贞的犯人了。"

"叔叔,犯人是女人,不是男人。"

那么急切的恳求,却没有一个人愿意倾听。那是2000年的夏天。

放学路上突然失踪的孩子,犯人的巨额要求,没能回来的孩子,"金允贞拐骗案"受到全国上下的关注。电视新闻接连多日对拐骗案进行报道,警察署内部也是人心惶惶。

"新闻发布会开始。"

重案一组组长金范周比任何人都更焦急地盼望这个案件能够快点儿解决。对于需要做出成绩才能升职的金范周来说,解决全民关注的案件是他成功的底肥。逼得越来越紧的舆论和摸不着头绪的犯人行踪,部下们迟迟没有进展的侦查,这些都让金范周焦头烂额。

负责今天新闻发布会的是刑警李材韩。

CASE 1

金允贞绑架案

一

"女童金允贞拐骗案中间新闻发布会现在开始。案件发生时间，2000年7月29日，放学时间13点左右，接到报警时间是当日18点44分。案发53小时之后，家人收到要求5000万元赎金的恐吓信。按照恐吓信上提到的地点，出动警力到华隐洞佛罗伦萨咖啡厅，虽然没能当场逮捕嫌犯，但是在桌子上发现了和恐吓信上一致的指纹，查明嫌犯身份。嫌犯姓名徐亨俊，年龄21岁，尚进大学医学院学生。已经出动警力到出租房、学校和嫌犯老家进行搜查，但是嫌犯已经逃跑，目前还没有发现嫌犯的行踪。"

金范周不耐烦地问：

"手机定位呢？"

"两个月前就欠费停机了，信用卡欠款5000万，因为信用不良而处于停卡状态，已经无法定位。"

金范周静静地说道：

"全世界都是坏人的天下。因为5000万而拐骗小孩子的家伙自然是坏蛋，而韩国这么小的地方，你们却连个坏人都找不出来，更是十恶不赦。你们这些笨蛋，知道这是什么案子吗？全国人都在关注的案子！嫌犯的特征说得清清楚楚，却抓不到？"

"发现了一个线索。查看徐亨俊的信用卡交易记录，发现很多女性使用的物品和品牌。"

"徐亨俊有女朋友？"

李材韩接着说道：

"他最好的朋友说，几个月前他曾来过，说因为某个心爱的女人而痛苦，

信 号［上］

一

但是没有说出名字，也没有说别的。他身边的人，也一直在调查，目前还没有结果。恐吓信和犯人指定为接线地点的咖啡厅里出现了徐亨俊的指纹，只有右手大拇指的指纹。摸过桌子或者写信的时候，应该会留下其他手指的指纹才对，可是只有拇指，这点很奇怪。感觉像是有人故意留下的。徐亨俊背后的女朋友，还要继续调查。"

"调查，你一个人去。你，不是喜欢一个人做事吗？不过，最好小心你的后脑勺。"

材韩是金范周的眼中钉。动不动就说什么警察职责这类正经话，不会变通，很惹人讨厌。本来能够轻易解决的事情，他非要较真儿，结果把事情搞砸。金范周好几次都因为他而陷入困境。无论大事小事，金范周都对材韩吹毛求疵，那天也不耐烦地对材韩不理不睬。

不过对材韩来说，金范周也不是个受欢迎的人物。他以超快的速度升职，远远地把前辈们抛在身后，这个过程吞噬了多少人的血汗？这是不言而喻的事实。对于国家柔道运动员出身的材韩来说，正义就像生命。胜负的世界里来不得丝毫虚假。尽管存在些许运气成分，然而大多数情况下还是实力和努力成正比。诚实的汗水才是最值得骄傲的财产。因为受伤而不得不放弃柔道的时候，他之所以选择警察职业，就是因为这是最需要诚实和正义的职业。对他来说，金范周是令人蔑视的对象，与警察身份不符，趋炎附势，为了钱不择手段，更是他不想跟随，令他感到耻辱的同事，还是信不过的上司。他丝毫不打算乖乖地听从金范周的安排。

"算了，徐亨俊身边的女人不是都调查过了吗？"

CASE 1

金允贞绑架案

一

前辈安治守静静地阻止了他。安治守总是畏首畏尾,对金范周唯命是从。材韩实在是无法理解。

"大哥你也算了,不要黏在金范周身边无所事事。"

材韩急匆匆地做着准备,目前的嫌犯疑点重重,他要冲锋陷阵去寻找真正的犯人。带上徐亨俊的信用卡交易明细,揭下监视器旁写有"8月3日善一精神病医院"的便条,塞进口袋。急急忙忙正要出门的时候,有人穿着警服小心翼翼地走进办公室。秀贤。那天是她转到这里的第一天,他们重新开始同组工作。秀贤尴尬地点了点头,打了声招呼。

"吃饭了吗?真会挑日子,赶在这种时候转过来。"

秀贤不敢正视材韩的目光。

"前辈,那时我说的话……"

材韩急忙阻止秀贤。

"这个周末差不多就能解决,等案子结束之后再谈。"

向来不敢敞开心扉的他,终于决定袒露自己的心事。案子已经露出了完结的迹象。彻底解决后,一定要给秀贤她想要的答复。这样想着,他走出了警察署。他的手里拿着发布会开始前在楼梯上拾到的字条。上车后,他打开字条,那是小孩子的字迹,歪歪扭扭的。原来是一张民怨申请书,上面写着"犯人不是男人,是女人"。

同一时刻,海英在口袋里翻了几十遍,寻找字条。没有人听他说,他打算把字条塞进民怨箱,可是字条不见了。无论如何他都想把字条交出去,结果却是如此狼狈。2000年8月3日,允贞失踪第5天,新闻里只有追寻男性嫌

SIGNAL
信号 [上]

疑人的调查报道。

　　如今海英已经长大成人，成为一名警察。重新走过15年前曾在黑暗中徘徊的走廊，他不由得再次想起了允贞。原来他以为情况会有所不同，然而害死允贞的凶手，警察们还是那么无能为力。他真的不想再和他们搅和在一起了。看了看表，已经11点多了。宝贵的时间都被这些只会委托调查的垃圾浪费掉了。他自言自语，烦躁再度涌上心头。他的车前面挡着一辆装满废弃物的车。那是一辆货车，货厢的门敞开着，没有司机，只有满满一车废弃物。

　　"啊，这是什么情况，今天是我的倒霉日吗？这算什么行为，有这么停车的吗？"

　　本想快点儿回家安慰疲惫的海英终于爆发了。他千方百计想要把车推走，可是没有用。海英拨打贴在货车上的电话号码，只有信号音，没有人接听。正在气冲冲等待对方接电话的时候，一个声音传来。当时时间是23点23分。

　　"朴海英警卫，我是李材韩刑警。"

　　海英以为是货车司机，立刻回答：

　　"喂？"

　　手机里仍然传出信号音。不知从哪里传来沙啦沙啦的噪声，同时还有人在呼唤海英。

　　"朴海英警卫，朴海英警卫在吗？"

　　到底是什么声音？是在找我吗？海英感到疑惑，慢慢地追寻声音的来源。声音来自货车上的废物袋子。

CASE 1

金允贞绑架案

一

"这里是你说的寒井洞善一精神病医院,建筑物后面的检修井里有一具吊死的尸体。那是金允贞拐骗事件的嫌疑人徐亨俊的尸体。"

什么意思?金允贞拐骗事件?善一精神病医院?

听说与金允贞拐骗事件有关,海英急忙在袋子里翻找起来。里面继续冒出匪夷所思的话语。

"不过,他的拇指被砍掉了,应该是有人先杀害了徐亨俊,然后伪装成自杀。"

透明塑料垃圾袋里的旧对讲机亮着灯。

"徐亨俊,不是真凶,真凶另有其人。"

海英一头雾水地打开袋子,按了对讲机的发话键。

"你是谁?这话是什么意思?善一精神病医院?你在哪里?"

"是您告诉我这个地方的。"

海英想不明白。这到底是什么意思?对讲机那头的声音继续说道:

"警卫,为什么不让我来这里?这里发生什么事情了吗?"

"你这是什么意思?你认识我吗?你是谁,是哪个署的?"

海英觉得很荒唐,接连问了好几个问题。通话中断了。

海英盯着关掉的旧对讲机看了会儿,使劲拍打自己的脸。不是梦。迟来的货车司机给他道歉,海英这才拿着对讲机上了车。怎么想都难以相信。也许是有人搞恶作剧吧。海英心里想着,打算离开警察署。正在这时,允贞的妈妈出现在正门前。海英慌忙避开她的视线。允贞妈妈更老了,也更瘦了,看上去仿佛不是这个世界的人,仿佛灵魂已经脱离,只剩下肉体,一动不动

SIGNAL
信号〔上〕

地站在那里。

海英开车回到自己所属的分队,把对讲机递给一位40多岁的刑警。他注视着对讲机,就像在值班的夜晚看到突然出现的海英一样陌生。那是他刚刚开始巡警生涯时用过的对讲机。从哪儿找回来的这个古董?认认真真地打量了一会儿,没有电池,那是怎么开机的呢?他问道。海英大吃一惊,夺过对讲机观察起来。

"没有电池?刚才明明亮灯,还听到声音了呢。"

他安慰自己,也许是事情来得太突然,所以太累了。他把对讲机塞进了办公桌抽屉。

"是的,我最近太硬撑了,这才叫强行军呢。"

那个寻找他的声音总是在耳边回荡,"这里是你说的寒井洞善一精神病医院,有人先杀害了徐亨俊,然后伪装成自杀"。海英思来想去,最后还是拿出抽屉里的对讲机出门了。

要想解开这些神秘的谜团,海英能做的事情只有一件。那就是去善一精神病医院看看。虽说匪夷所思,可他还是觉得有必要过去亲眼看看。他魂不守舍地开车去了那里,没想到却是一片废墟。紧闭的铁门上贴着警示语:"(区)善一精神病医院,闲人禁入。本建筑物为国家管理对象建筑,擅自闯入者依据刑法319条擅闯私宅罪之规定处以三年以下徒刑,500万元以下罚款。"在门前犹豫了一会儿,海英终于下定决心,重新把包背好,自言自语着翻墙而入。

"我是为了寻找自己没有疯掉的证据,证明我完全正常!"

CASE 1

金允贞绑架案

一

凌晨的黑暗之中，废弃已久的建筑物显得格外丑陋。经过停车场入口的停车杆，海英的车子驶向建筑物后方。他拿着手电筒，一步步地往前走着，把每个角落都照了个遍。

终于找到检修井了，海英犹豫不决。他坚信不可能，心里却还是七上八下。他在黑暗中屏住呼吸，慢慢地、小心翼翼地朝检修井靠近。低着头，缓缓睁开紧闭的双眼。检修井下面什么都没有。垂头丧气的海英冲着虚空踢了一脚，大声喊道：

"啊，真是的，我在做什么呀？连电池都没有的对讲机，这已经够不可思议了，哎呀，白白浪费时间，走了，唉。"

正当他准备放心离开的时候，另一个检修井进入他的视野。这次他有种异样的感觉，不过他想直接离开。转过身来，他用手电筒照进井里，突然间，他一屁股坐在了地上。里面有一具披着破烂衣服，已经变成白骨的尸体。惊愕不已的海英回过神来，翻过善一精神病医院的围墙。他一动不动地坐在车里，整埋着自己的思绪，直到东方亮起鱼肚白。究竟是哪里出了问题，对讲机里说是我告诉他的那个李材韩是谁，对讲机又是怎么开的机？任凭他想破脑袋，这些事情还是超出了常理。当务之急是处理这具化作白骨的尸体，对所有的事情做个了结。海英联系了重案一组的秀悋。虽然说警察都是信不过的，可她毕竟是见过面的刑警，总会好些吧。2015年7月29日，夜晚，金允贞拐骗案公诉时效结束前两天。

一大早，科学鉴定组和侦查警力就赶到了发现白骨的现场，忙得不可开

SIGNAL
信 号 ［上］

一

交。终于把尸体清理完毕，准备转移。秀贤收集证据，观察周边，然后走向海英。她怎么都想不通，海英为什么在凌晨时分突然来到这个地方。海英问尸体有没有异常，秀贤却用质问的语气问他是怎么发现的。海英无言以对。短暂地调整呼吸之后，他向秀贤提了个出人意料的要求。

"我的意思是说……我知道我的话听起来像是胡言乱语。不要问原因，你能不能把尸体的DNA和15年前金允贞拐骗案的嫌疑犯徐亨俊的DNA做一下比较？"

秀贤板着脸，冷冰冰地反问海英：

"金允贞……金允贞拐骗案？"

对于秀贤来说，金允贞拐骗案同样无法忘记。那天材韩失踪了。他说处理完事情后回来再说，然而15年过去了，他还没有回来。他去寻找嫌疑人徐亨俊背后的女人，可是眼前的尸体说不定就是嫌疑人徐亨俊。

虽然她对海英无法做出准确判断，但他毕竟是经过正规程序进入警察署的现任警察，至于真伪，以后再讨论也不迟。秀贤怀着疑惑的心情，走向国家科学研究所特殊验尸室。法医吴允书解释道：

"是男人，从大腿骨长度可以判断身高在175厘米左右，年龄……不是车刑警要找的那个人。从牙齿发育状态来看，死亡时的年龄在20岁出头。"

"手指骨呢？"

"还需要做进一步的精密检查，不过人为砍断的可能性很大，推测是用了手术刀之类的锋利工具。"

这具尸体真的是徐亨俊吗？秀贤觉得有这种可能。那就更要弄清楚海英

CASE 1
金允贞绑架案
一

的身份了。基因检测员走进来,向混乱中的秀贤汇报结果。

此时此刻,海英正在晋阳警察署调查室外面的过道里打电话。他要找到李材韩。只有这样才能解开所有的谜团。

"现任警察中有三人叫李材韩,打电话给他们,都对金允贞拐骗案一无所知。"

负责调查李材韩的分队刑警慌乱地回答。海英反问道:

"这么说,那个人是鬼了?"

"到底是什么人,你为什么要这样?"

挂断电话,海英感觉头都要裂开了。他不知道自己是不是真的精神失常,为什么会发生这种事情。他不知所措地在走廊里踱来踱去。正在这时,秀贤出现在他面前,手里拿着装有调查资料的信封,粗鲁地把海英拖进调查室。

"你到底是怎么回事?你怎么知道那是徐亨俊的尸体?"

"真的吗?那具尸体真的是徐亨俊?"

"回答我!你是怎么知道徐亨俊尸体在那里的!"

"啊,我真的要疯了。"

"金允贞拐骗案当时,现场检测出的徐亨俊的指纹只有拇指,可是今天发现的徐亨俊尸体却没有拇指,被人砍掉了。拐骗金允贞的真凶杀死徐亨俊,砍掉大拇指,留下指纹。也就是说,只有真凶知道徐亨俊的尸体藏在那里。可是你,怎么知道的?你和徐亨俊到底是什么关系?"

秀贤追问不休。海英不知所措,只是一动不动。桂哲和系长安治守走到他们身后。

SIGNAL
信号［上］

一

"真的发现了徐亨俊的尸体吗？"

秀贤避开安治守的视线。当时安治守急于尽快结案。他和千方百计想要破案的材韩不同，只是在金范周身边期待事情静静了结，平息舆论。秀贤迟疑着不回答，这回安治守催促道：

"回答。"

"是的，发现了。"

"好，把尸体资料都交给我。"

"要找出是谁，为什么杀死徐亨俊。国科院和鉴定组正在对现场发现的证据进行分析。"

正如秀贤所说，对徐亨俊身上穿的衣服和尸体旁边的安瓿瓶、眼镜等可能成为证据的物品全都观察得非常仔细。连裤子口袋里面都认真检查过了。秀贤希望能以这种方式找到证据。只要找到证据，或许就会找到材韩的行踪。如果这次把调查资料交出去，恐怕这个案子就会因为公诉期限结束而告终。

"只要找到证据就行。"

"15年前的案子了，发现证据很难，就算找到也可能已经被污染。证据消失，证人记忆也已歪曲，所以未破案更难调查。"

"可是徐亨俊的尸体显示为他杀……"

"我的意思不是这个！距离公诉期限截止只有29个小时了，15年未能破解的案子可能在这么短的时间内解决吗？不要把事情闹大了，按常理办事。"

听着安治守这番话，秀贤的神情慢慢地变得僵硬了。不要把事情闹大，上司的话令她无比烦躁。她强忍住了。每次都是这样，可是没有办法。解决

CASE 1

金允贞绑架案

一

问题的方法不是露骨地和上司对峙，而是静静地等待时机。最后，秀贤把手里的资料交给了安治守。同样惊慌失措的还有海英。

"你在干什么？那个人到底是谁？"

跟在安治守身后的桂哲不耐烦地转头回答：

"你问这些干什么？这件事在警察厅已经了结，你走吧。"

从秀贤手里接过资料的安治守没有理会在外面严阵以待的桂哲，径自去找已经升职为侦查局长的金范周。金范周穿着整洁的正装，和当刑警队长时的形象截然不同，俨然就是一位成功人士。安治守把装有调查资料的信封放在金范周的办公桌上。

"辛苦了。"

金范周露出心满意足的微笑，但听到安治守说当时材韩的推测是对的，立刻怒火中烧：

"如果因为这件事情而使李材韩事件暴露，你来负责吗？还是自杀最干净。"

如果这件事情暴露出来，安治守也难保安然。金范周很清楚他的弱点，所以牢牢地控制住了他。安治守神情呆滞，他知道自己从一开始就没有选择权。

交出调查资料的秀贤静静地做着自己该做的事，不停地打电话，同时接收传真。望着把接到的传真文件装进包里急匆匆跑出去的秀贤，海英拦住了她，用质问的语气说道：

"真的就这样放弃了吗？"

调查资料都被夺走了，还为什么事忙成这个样子？他无法理解。秀贤停

SIGNAL
信号 [上]

一

顿片刻,继续走。海英追出来,挡在秀贤面前。

"你问我是不是知道真凶,对吗?是的,我知道,我见过真凶。带走允贞的人,我见到了,虽然没看清长什么样,但是我……见过真凶。"

"你说的是真的?"

"不是徐亨俊,带走允贞的是个女人。"

"你看到了,为什么一直不说?"

"你以为我没说吗?我说了,可是没有人肯听。不过,一开始时我还是相信的,毕竟是警察,过段时间就能抓到那个女人了,早晚会抓到的。可是过了这么久,还是没有改变。"

那时候海英明白了,需要他自己去说,可是每次他都被人忽视。他几次去管辖所找警察,也写过民怨字条,却都被当成小孩子的恶作剧忽略了。成为中学生后,他也说过,然而对方只是说,知道了,你回去吧。没有人肯相信他的话。后来他才明白原因。现在提及金允贞拐骗案意味着警察承认当时的调查组出现错误,意味着给警察脸上抹黑,所以不论发生什么事,都坚决不能让真相浮出水面。但是,现在不能再这样了。海英劝说秀贤。

"你也会像其他警察一样充耳不闻吗?"

"你知道为什么未破的案子更让人难受吗?犯人是谁,动机是什么。一切都真相大白的案子,因为知道自己的家人是怎么死的,为什么死,虽然痛苦,但随着时间的流逝,也会埋藏在心底;可是未破案就不一样了,不知道自己的家人、爱人为什么死,所以无法忘记,每天都像活在地狱里。"

"所以你打算就这么悄悄地放弃?"

CASE 1

金允贞绑架案
一

"不,我要去抓犯人,所以你走吧。"

"调动所有的警力都不够,你一个人去抓犯人?一起吧,我帮你。"

"我说过吧?你不适合做警察。不要浪费所剩无多的时间,赶紧走吧。"

秀贤推开海英,转身出门。记者们蜂拥而入。他们刚刚采访过金范周和允贞妈妈的面谈。警察断定徐亨俊是犯人,发表了调查结果。金范周把手中的文件袋郑重地递给允贞妈妈。

"犯人在案发之后承受不了压力,自行了断性命。"

金范周深深地弯腰,向允贞妈妈道歉。

"对不起,太晚了。"

允贞妈妈崩溃了。苦苦等了这么久,杀死自己孩子的真凶竟然自行了断,调查结果是如此虚无。她像虚脱了一般。金范周露出分担悲伤的表情,抱住了允贞妈妈。记者们急忙按下相机快门,试图拍下这个场面。

金范周走了。秀贤出来的刹那间,不满足于事件就这么简单结束的记者们把麦克风转向秀贤。有人说她是负责金允贞案件的警察,所有的记者都拥向秀贤。"发现场所是哪里?""刚发现时是什么样子?""有没有发现遗书?""徐亨俊确定是自杀吗?"秀贤低着头,艰难地想要从记者中间走过去。这时,她听到了海英的声音。

"不,徐亨俊不是自杀!"

身边的秀贤、桂哲和所有的刑警、记者,以及大厅里来来往往的人都停下了脚步。

"徐亨俊是他杀,拐骗允贞的真凶杀死了他。"

027

SIGNAL

信号［上］

一

就像暂停的画面重新开始播放，人群动摇起来。"请问您是谁？""请说出您的姓名和级别。""这是真的吗？"疑问声从四面八方传来。惊慌的秀贤冲着记者们喊道：

"各位请回吧，好吧？"

"我是发现徐亨俊尸体的最初目击者，徐亨俊的尸体是在善一精神病医院发现的，发现时拇指已被砍掉，不是自杀。"

"不要说了！前辈干什么呢！快拦住记者！"

秀贤叫来大厅里徘徊的桂哲和其他警察，让他们拦住记者。

"杀死允贞和徐亨俊的真凶是15年前停业的善一精神病医院的护士。年龄30多岁，身高165厘米左右，是在手术室工作过而且对手术刀非常熟悉的护士！"

"把他拉走，快点儿！"

秀贤不得不把海英拖走。直到被拖走的时候，海英仍然对着摄像机说道：

"这15年来她毫无愧疚地活着，但是现在结束了！我已经发现了确凿的证据！"

秀贤拖着海英走到紧急出口，关上门，粗暴地把他推到墙边，怒气冲冲地喊道：

"你疯了吗？"

"你不是说要抓犯人吗？只有这个办法了。"

秀贤好像要把他生吞活剥，但是她的眼神很快动摇了。海英直视着秀贤，冷静地说道：

CASE 1

金允贞绑架案
一

"没有时间了,现在只剩下27个小时。这是最后的机会。"

大韩民国所有的新闻都在报道海英的发言。整个国家沸腾了。距离公诉时效只有一天的时候,竟然找到了15年前案件的证据,这足以成为街谈巷议的热门话题。人们重新燃起了希望,仿佛允贞起死回生了。这次警察一定要抓到犯人,让无辜死去的允贞案件得以昭雪。世界上只有两个人不愿意看到这条新闻,其中就有首尔地方警察厅(首尔厅)的侦查局长金范周。

和允贞妈妈演绎了感人的场面之后,金范周轻松地回到自己的房间。一切都很满意。警察的面子保住了,纠缠自己多年的未破案也得以解决。他没有忘记对跟随其后的安治守道声辛苦,然后一脸兴奋地打开电视机,想要看看自己和受害者家属和解的样子。果然不出所料,所有的新闻都在报道金允贞拐骗案,然而内容却与他的期待大相径庭。伴随着"警察厅调查结果真伪之争"的字幕,电视屏幕上出现了海英的面孔。他说徐亨俊不是真凶。金范周的表情渐渐扭曲。

"这个兔崽子从哪儿冒出来的?"

金范周勃然大怒,冲着旁边的安治守挥起拳头。

"我说过吧,让你们把事情做好,现在这是什么情况?"

"对不起。"

安治守咬紧牙关,一句话也说不出来。

安治守跑到重案一组了解情况,朝着海英扔出了电话。咣,电话破碎的同时,安治守冲了上去。

SIGNAL
信号〔上〕

一

"喂,你这个兔崽子!你是干什么的?"

安治守平时很安静,但是稍不顺心就会发脾气。警察们了解他的性格,走过来劝阻了他。海英被突发状况惊呆了,连忙退后一步察言观色。这时,秀贤挡在他们两个人中间。

"是我让他说的。"

安治守喘着粗气,瞪着秀贤。

"什么?不是自杀,负责刑警也承认这种荒唐的说法?你脑子没事儿吧?我怎么对你说的,你把我的话当成耳旁风了吗?"

"我就是按照您说的去做的,您不是让我按照常理做事吗?"

"什么?"

桂哲阻止秀贤。

"车刑警,不要再……"

"发现了尸体,能够判定他杀的证据也找到了,还有15年前被警察忽略的目击者的证词。我认为彻底调查才是常理。"

"目击者?"

听到"目击者"这三个字,安治守吓得一颤,表情随之缓和了许多。这时,海英在秀贤背后开口说道:

"我看到了,犯人是女人。当时,她的肩膀到达攀登架的第3层,由此判断身高是165厘米左右。"

海英想起最后见到允贞那天,在雨中撑着伞、脚穿红皮鞋的女人。

"项链、手镯,过于华丽的饰品和原色皮鞋,为了自己的目的不惜拐骗

CASE 1

金允贞绑架案

杀害小孩子,从这些特点来看,犯人很可能是自恋无感型人格障碍者。具有这种性格的人无视他人,不信任他人,不可能和徐亨俊合谋。最开始应该是单独犯罪。"

海英悄悄地看了看四周的气氛,继续盯着安治守说道:

"但是,她的罪行被徐亨俊发现了,当然不是从开始就打算利用他的,因为那样做的话危险系数太大。徐亨俊劝她自首,或者要去举报,于是她杀死徐亨俊,然后把所有的罪行都扣到他头上。"

不知不觉间,重案组办公室的警察们都在专心致志地聆听海英的分析了。

"怎样才能杀死比自己力量更大的男人呢?把对方吸引到自己最熟悉的地方,最熟悉,同时还有最容易置对方于死地的药物,这样的地方就是善一医院。她在那里砍掉了徐亨俊的拇指,也是在那里杀死允贞的。只有善一医院的内部人士才能进入建筑背后,知道这个地方的肯定是医院内部的人。与红唇膏和高跟鞋格格不入的整洁的指甲,可以看出嫌疑人是特定职业,这个职业不能涂指甲油和留长指甲,同时又熟悉手术刀,应该是手术室的护士。"

安治守静静听着,不可思议地盯着海英的脸看了一会儿,对秀贤说道:

"你,在毫无证据的情况下,就听信这个菜鸟的胡说八道?"

"他有充分的说服力。"

"什么?"

听到秀贤的回答,海英也有些吃惊。他没想到秀贤会站在自己这边。秀贤在劝说安治守:

"发现尸体的地方是禁止外人出入的区域,除了内部人士,外人绝对不

SIGNAL
信号〔上〕
一

可能知道。拇指被砍掉的形状、安瓿瓶，可以看出是熟悉注射器和手术刀的医护人员，但不是医生。"

秀贤把刚刚通过传真收到的文件递给安治守。

"这是善一医院停业之前5年间的职员工资目录。"

安治守一页页地翻看，资料上面记录着善一精神病医院职员们的姓名、身份证号码和职位，没有照片。

"当时只有两名女医生，一名40多岁，另一名因怀孕而休假。从徐亨俊的信用卡消费记录来看，几乎都是20出头的女人使用的品牌。15年过去了，现在应该是30多岁，不到40岁。所以说，犯人是15年前在善一精神病医院工作过的护士，现在30多岁的女性。"

资料上显示的护士足足有100多人。距离公诉时效截止只有一天了，在这么短的时间里不可能找到这些人。本来已经掩盖得很好，可以静静地翻篇了，然而海英鲁莽地插进一脚，把整个事情都搞砸了。安治守恶狠狠地看着他，斩钉截铁地说道：

"不可能。"

"可能，不需要和所有人见面。现在已经闹得沸沸扬扬，在善一医院工作过的100多名护士应该也看到新闻了。这其中肯定有人认识凶犯。大约一个小时之后，就会有举报电话打进来。她们会对一起工作过的同事产生怀疑，起先会努力告诉自己不可能，可是只要对方做出可疑的举动，她们就会打电话报警。我故意谎称有确凿证据。15年来一直以为藏得很好，现在想到自己可能被发现，她会做出怎样的举动？肯定是平时没有过的反常之举啊，比如

CASE 1

金允贞绑架案 一

收拾身边的东西,或者突然消失。"

正在这时,电话铃响了,是举报电话。忠州、春山、江陵、堤川,全国各地都有电话打来。秀贤要求安治守允许自己着手调查。如果把事情搞砸,她愿意独自承担全部责任。安治守苦恼不已。承担责任不是一个小小刑警的分内事。如果在公诉期限结束前没有抓到犯人,整个警察内部都免不了受到舆论的谴责。不过,还是值得一试。尽管他是金范周的走狗,但体内仍然流淌着警察的血液。

"得到犯人亲口招供也好,找到确凿证据也好,必须在24小时之内确定嫌犯身份,才能起诉。有信心吗?如果找不到犯人,算上今天闯的祸,你要接受双倍惩罚。"

安治守把现场指挥任务交给了秀贤,并且投入重案一组全部警力。电话铃响个不停。海英说得对,举报电话来自全国各地的医院。警察们分散到全国。海英和秀贤也去了江陵。海英坐在副驾驶上,迅速翻看从前的调查资料。剩余时间只有一天了,无论如何都要找到线索。

"徐亨俊信用卡的实际使用者的确是那个女人。果然是病态自恋的人,看起来是个购物卡。主要购物场所是可以买到限量版高档品牌的专卖店。这种情况下,大多喜欢华丽的色彩和独特的款式,对流行很敏感。很可能把镜子作为必需品,随身携带。"

接到举报电话后,海英和秀贤赶到江陵某医院,在举报者的帮助下打开了嫌疑护士的储物柜,结果一无所获。朴素的衣服和布包,平凡的皮鞋,平凡的小狗照片,海英摇着头说道:

信号［上］

一

"不是这个人，犯人在人际关系中属于榨取型。这种人一般不会养宠物。"

前往忠州医院的组员也是一样。春川亦然。有的不是来自善一精神病医院，而是善一内科。有的是因为心怀怨恨而举报。白跑了一夜，还要开车去别的地方。下午3点钟，距离公诉期限结束只有9个小时了。

还有一个人对海英的爆料心怀不满，那就是十五年前杀害徐亨俊和允贞的善一精神病医院护士，本案的犯人。她顺利地躲避了十五年。准确地说，警察就像傻子，早在很久以前她就不把他们放在眼里了。她把日历贴在医院储物柜里，每天在日历上画一个X，等待那天的到来。现在，只要再过一天，她就恢复自由了。

徐亨俊是个懦弱的男人。还是学生的他竭尽全力满足她的欲望，却总是不够。带回那个孩子的时候，徐亨俊催她把孩子送回去。"你自首吧，要不然我就报警了。"如果徐亨俊不说这句话，他就不会死。如果他保持沉默，那么两人现在应该依然相爱。她觉得这是无可奈何的事。她让徐亨俊帮助自己整理库存药物的时候，徐亨俊毫不怀疑地开车来到医院。"下班后，我和你一起把孩子送回去，真庆幸你能改变主意。"他一边搬箱子一边说。

太简单了。事先准备好药物，推入注射器，再从背后扎下去就行了。"再见，一路走好，你不该妨碍我。"尸体被她伪装成上吊自杀，扔进了医院后面的检修井。那里是闲人免进区域，不是谁都可以随便进入的地方。在此之前，她砍掉了尸体的拇指。要想把全部罪行都推给徐亨俊，他的指纹必不可少。他的拇指渐渐变冷，为她实现目标发挥了重要作用。

CASE 1
金允贞绑架案
一

她认为这是意外事故。如果说有错,那也是徐亨俊的错。他不该总是自不量力地想要教自己。同时她也感谢连最俗套的骗局都不能识破的警察。因为他们无能,她才安然无恙地活到现在。现在突然要找我?公诉期限只剩一天的现在?犯人冥思苦想,该怎么办呢?知道她在善一精神病医院工作的同事说不定会举报。果然不出所料,没过几个小时,接到举报的警察就闯进了她工作的英仁医院。

"新闻播出后,一句话也没说,突然就失踪了。手机关机,其实本来我也觉得自己不该怀疑同事,犹豫了好长时间,可是打开储物柜一看,行李都拿走了。"

举报者打开同事的储物柜,给警察看。关于公诉时效的书籍,装有剪刀的马克杯,色彩艳丽的名牌新皮鞋,储物柜的门上贴着镜子和日历。警察们拍下储物柜内部的照片,发送给秀贤。海英放大照片一看,立刻僵住了。日历的7月29日下面,清晰地写着"The End"。就是这个女人,终于找到犯人了。

警察们迅速追击。家里没有,手机关机,可能去的地方也都找遍了,还是没找到。分秒必争的时刻,就算找到犯人,也不能立刻实施拘捕。所有的人都不知所措、茫然自失的时候,她的信用卡账单出现了预订釜山酒店的信息。储物柜的主人,英仁医院的护士姜世英带着行李去了釜山。釜山,时间已经过了0点半。两个半小时后,公诉时效就结束了。秀贤在堵得水泄不通的公路上不停地鸣警笛,现在终于气馁了。

"联系釜山署,出动直升机也好,不惜动用一切手段。"

SIGNAL

信号［上］

一

姜世英终于被抓获。秀贤和海英急忙回到警察署，跑着去见犯人，路上遇到了允贞妈妈。

"这是怎么回事？犯人另有其人吗？现在是抓到真凶了吗？说是抓到了，无论是怎么回事，你们说几句吧。"

允贞妈妈哽咽着问道。秀贤无话可说，只是露出遗憾的表情，走过允贞妈妈身旁，跑进了调查室。

"怎么样了？"

安治守和警察们默默地坐在座位上。秀贤和海英来到调查室玻璃窗前。姜世英。

安治守开口说道：

"证物鉴定还没有完成，现在只剩下一个半小时了。我去法院和检察官一起待命，你们要拿到她的口供。要想递交公诉状的话，现在只有这个办法。"

秀贤点了点头，走进调查室，审问姜世英。

"你是姜世英本人吧？"

姜世英静静地抬起头，看着秀贤。

"2000年7月29日，你在振阳小学门口绑架金允贞，威胁被害人家属，得到5000万，然后残忍地杀害了金允贞，对吗？"

"我没有，为什么要这样对我？"

"2000年你是在善一精神病医院工作吧？"

"是的。"

"你和徐亨俊是在哪里，又是怎么认识的？"

CASE 1
金允贞绑架案
一

"我不认识这个人。"

"你不认识金允贞,也不认识徐亨俊。那么,昨天的新闻播出之后,你为什么藏起来了?"

"谁藏起来了?"

秀贤努力得到姜世英口供的时候,海英在调查室外面绞尽脑汁,寻找线索。桂哲从自动咖啡机接了咖啡,对海英说道:

"回去吧,该做的都做了。"

"她穿的是……什么皮鞋?"

"什么?"

"我有点儿不理解。她整理行李的时候为什么会留下新品名牌皮鞋呢,你看到她穿什么皮鞋了吗?"

桂哲想了想,不以为然地说道:

"嗯?好像是褐色的。"

听了桂哲的回答,海英像遭到电击似的脸色苍白。调查室里的争执仍在继续。

"手机为什么关机?"

"丢了,我只是请了月假而已。您问问尹老师就知道了。"

"尹老师?"

"尹老师说她替我请假。"

直觉告诉秀贤,错了。突然间,海英猛地推门而入。一进门,他就先看桌子下面姜世英的鞋。普通的褐色杂牌皮鞋。海英腾地起身,抓住姜世英的

SIGNAL

信号［上］

一

右手仔细观察。握铅笔的部位有着鲜明的茧子。

"不是这个女人，马克杯的把手朝左，剪刀也是左撇子用的剪刀。储物柜的主人……犯人是个左撇子。"

"怎么可能……举报者明明……"

秀贤猛地一惊，问姜世英。

"你说的是……尹老师？那个人……是谁？"

海英失魂落魄，浑身发抖。

"她这个人很大胆，脑子转得快，为了自己的安危可以不择手段。她计算好了剩余的公诉时限打电话，故意让我们把时间浪费在姜世英身上。我错了，以为她理所当然会逃走……她故意引开警察，使得焦急的警察不能不犯错。我们不能就这么结束。15年前是这样，现在依然是这样。那个女人充分相信自己的犯罪战术，认为自己比别人优秀，可以欺骗和操纵警察。她肯定就在附近，看着我们怎样被她耍弄。"

海英夺门而去。见此情景，秀贤也跟着跑了出去。过道上的桂哲和其他警察也意识到出了问题，立刻跟上他们。

海英急匆匆地跑在最前面，跑到过道尽头时看见允贞妈妈，骤然停下脚步。看着允贞妈妈坐在椅子上双手紧握的样子，海英深深地陷入了负罪感之中。那天，如果我帮允贞撑伞就好了，如果我坚定地说出犯人是女人就好了。一定要抓住犯人。海英紧握双拳。

随后跟来的秀贤急忙打电话，同时问旁边的警察：

"你是几点钟在医院里遇到那个女人的？"

CASE 1

金允贞绑架案

一

"7点30分左右。"

秀贤急匆匆地往公路交通指挥室打电话。

"请帮我查一下7点30分以后从英仁医院到振阳署的监控录像!"

指挥室职员找到秀贤说的车牌号码,开始迅速查看监控录像。

振阳警察署门前大雨如注,海英不以为然,径自冲进雨里。他在街上飞快地跑着寻找犯人。马路对面是一家二层的咖啡厅,那里一眼就能看到警察署。海英看见玻璃窗里有个侧影。就是那个女人。2000年读小学时,最后看到允贞那天,站在攀登架前的那个女人。海英不顾一切地冲过马路,跑进咖啡厅的时候,窗边的女人已经消失不见了。他疯狂地冲下对面安全出口的楼梯,继续追赶。不远处,有个撑着黑色雨伞的女人正悠然自得地走路。他朝女人跑去。嘀嘀嘀,一辆庞大的货车鸣笛驶过。黑伞女人和面前的秀贤对峙而立。

"尹秀雅女士。"

听到秀贤的声音,尹秀雅举起雨伞,露出了脸。正是那个女人,那个拉着允贞的手离开的女人。压抑15年的感情爆发了,海英红了眼眶。此时此刻,距离公诉时效结束还有20分钟。

尹秀雅很冷静。钟表指针从11点49分向50分移动。现在只有10分钟了。如果不能在10分钟之内得到她的口供,公诉时效就到了。秀贤拿过同事的眼镜,进入了调查室。桂哲和海英在外面焦急地注视着里面的情景。

"干脆狠揍她一顿算了。只要说不知道,撑到10分钟就行了。难道那个

SIGNAL
信号〔上〕

一

女人会不知道吗?"

"你是在帮那个女人吗?揍什么揍,3到5分钟就够了。拿出确凿证据,犯人感觉混沌的时间是3到5分钟。如果能在这期间让尹秀雅动摇,并不是全无可能。"

秀贤放下调查资料和眼镜,慢慢地注视尹秀雅。无论如何,一定要拿到这个女人的口供。她掩饰住自己的紧张,开始调查。时针指向11点50分。

"尹秀雅女士,你在英仁医院工作,月薪是350万元,居住地是江南的高档住宅,交了房租、物业费,扣除餐费和交通费之后,基本上没什么剩余了。"

尹秀雅盯着秀贤,不明白这与本案有什么关系。

"可是你的储物柜里有很多昂贵的名牌,看来最近又交了不错的男朋友?就像15年前的徐亨俊……"

"我不知道您在说什么。"

"你不是亲手打开储物柜给我们看了吗?不过你谎称那是护士姜世英的。"

尹秀雅依然面无表情,只是没有继续从容地说话。

"为什么说谎?"

尹秀雅缓慢开口:

"我想知道警察们怎样调查,就因为连这种谎言都不能识破的警察才错过犯人,如果这次仍然抓不到犯人……死去的孩子太可怜了。"

秀贤为对方的厚颜无耻叹息。她注视着尹秀雅。

"也就是说,那个储物柜的确属于尹秀雅女士,对吧?"

"是的。"

"里面的物品也都是你本人的?"

"是的。"

"好,谢谢你,因为你,我们赢得了时间。"

尹秀雅大吃一惊,看了看秀贤的表情。

"我是说你主动留下了本人的DNA,所以谢谢你啊。"

尹秀雅的神情慢慢变得僵硬。她坐正身体,双臂交叉。调查室门外的海英看到这一幕,说道:

"她做出了防守的姿势。她在焦虑,思考自己漏掉了什么。一定要在接下来的3到5分钟之内拿到她的口供。"

嘀嘀嗒嗒,秒针继续转动。

"怎么了?想知道你把DNA留在哪里了?"

尹秀雅仍然默默地注视着秀贤。

"15年前的检修井,记得吧?"

嫌犯的目光终于开始涣散,秀贤接着说道:

"你知道日常用品中留下使用者DNA最多的物品是什么吗?那就是成为人的眼睛的、每天接触时间最长的物品,眼镜。"

尹秀雅继续沉默。秀贤拿出一张照片。

"能认出来吧?"

一看到照片,尹秀雅终于放松下来,嘻嘻,露出短促的微笑。

"您应该是猜错了,这不是我的眼镜。"

SIGNAL
信号［上］

一

"我知道，这不是尹秀雅女士的，而是徐亨俊临死前戴的眼镜。眼镜上面发现证据最多的地方是哪里，你不知道吧？就是留下DNA最多的鼻梁和不管沾染什么物质都最有可能保留下来的铰链部位。"

秀贤平静地说道。其实，DNA检测结果还没有出来。她心急如焚，却只能故作泰然地保持平静，继续说道：

"你觉得我们从徐亨俊的眼镜上面发现了什么？"

尹秀雅有些慌张，嘴角在抽动，面部肌肉也因紧张而颤抖。尽管面露不安，然而她还是保持着无所谓的姿态。

"我怎么知道？"

秀贤仔细观察尹秀雅的表情，露出从容的微笑。

"你当然不知道。"

说完，秀贤立刻换了脸色，斩钉截铁地继续说道：

"所以你才把东西扔进了检修井，那上面沾染了杀死徐亨俊的犯人，也就是你的血迹。"

尹秀雅的目光闪烁，声音开始剧烈颤抖。

"你说谎……15年前扔掉的东西不可能发现这个。"

"起初我也以为是说谎，但是只要沾染了血迹，不管多少，都可以检测出DNA，即使过了10年、20年，甚至100年。这是现代科学送给受害者的礼物。"

尹秀雅握成拳头的手在桌子下面瑟瑟发抖。看到尹秀雅的反应，外面的海英、桂哲和其他警察都很激动。

CASE 1
金允贞绑架案
一

"OK，上钩了。"

"接下来至关重要。"

调查室里的秀贤更加猛烈地对尹秀雅施加压力。

"你可能觉得自己是全世界最聪明的人，警察什么的都被你踩在脚下。但是你错了，这次。"

尹秀雅极力保持沉默，迎着秀贤的视线。

"15年前，你在善一精神病医院杀害了徐亨俊。"

尹秀雅的脸在剧烈地颤抖。

"为什么？为了掩饰自己绑架和杀害允贞的罪行！因为你需要5000万！你是金允贞绑架案的凶犯，也是徐亨俊杀人案的凶犯，你……完了。"

尹秀雅用颤抖的目光注视着秀贤，低下了头。终于到眼前了。调查室内外都充满了紧张的气氛，空气仿佛被压缩了。公诉时效只剩不到5分钟了。海英死死地盯着尹秀雅，喃喃自语：

"快说吧，是你杀的，说呀……"

这时，尹秀雅缓慢地抬起头，冷漠的脸渐渐发生变化，阴森森的微笑在脸上弥漫开来。

"原来还……没有找到？"

包括秀贤在内，所有的人员都僵住了。时间仿佛停滞了。

"如果你们找到了确凿证据，那就没必要这样对我了。没有时间了，你们直接起诉就行，对吧？你们以为这样说……我就会认罪吗？"

调查室外立刻喧闹起来。桂哲大声嚷嚷直接揍她一顿算了。海英跑到鉴

SIGNAL
信号〔上〕

一

定室去问，DNA结果还是没有出来。

"不是我，我的确在善一精神病医院工作过……但是我没有杀人。"

秀贤默默地注视着尹秀雅。就这样让她在眼皮底下溜掉吗？时间不到两分钟了。绝望的瞬间，调查室的门开了，海英拿着结果报告书，气喘吁吁地跑了进来。

"检验结果出来了，徐亨俊眼镜上的DNA和尹秀雅的DNA一致。"

尹秀雅的神色再次动摇了。

"是你杀的，徐亨俊和允贞都是。就为了5000万，你杀死了一个只有12岁的孩子。"

其实，鉴定结果还没有出来。

"听说鉴定结果还没有出来，谁去拦住这个臭小子？"

旁边的警察想要过去阻止海英，桂哲拦住他说：

"不到一分钟了，只要听到她的回答就行。"

情况紧急。调查室里，海英把尹秀雅逼到了绝路。

"你为什么要杀死他们？明明不需要杀死，钱你也拿到了，到底是为什么？"

面对海英的呐喊，尹秀雅大惊失色，恨不得马上就要和盘托出了。一切都完了。尹秀雅好像死心了，嘴唇翕动，欲言又止。秀贤、愤怒的海英、调查室外的警察们，都紧紧地注视着尹秀雅的脸。说吧，说呀！还有40秒。秒针继续转动。尹秀雅露出自暴自弃的表情，缓缓地张开了嘴。

"我，没有杀人。"

CASE 1

金 允 贞 绑 架 案

一

时针和分针在数字12处重合。海英和秀贤,以及所有的警察都绝望了。见此情景,尹秀雅笑着站起身来,悠悠地说道:

"现在……我可以走了吗?"

尹秀雅走出调查室,慢慢地走在过道里。电话铃在她背后响起。鉴定结果出来了。DNA吻合度达到99.98%。尹秀雅就是罪犯。但是,公诉时效已经结束一分钟了,此时此刻的鉴定结果已经无法抓住罪犯。

尹秀雅缓慢地走过他们身边,像是在嘲笑所有人。15年前杀死允贞的凶犯就在眼前,却没有人能将她绳之以法。刚才就等在过道里的允贞妈妈像失去水分的植物,茫然地注视着眼前的情景。一切都结束了。这时,献基走过来,递给秀贤一样东西。

"前辈,这是从尸骸衣服上复原的,不知道有没有用。"

看到献基递过来的照片,秀贤板着脸,跟在尹秀雅身后。

"尹秀雅女士。"

咔嚓,手铐戴在了她的手上。

"15年前你杀害徐亨俊,现在你被逮捕了。你有权聘请律师,也可以保持沉默。"

"这是在干什么?"

"刚才徐亨俊的死亡推测时间出来了。"

就在秀贤无力地看着尹秀雅离去的身影之时,献基匆忙跑来,递给她的不是普通纸片,而是当时徐亨俊的停车证。好容易复原成功的停车场上写着"2000.7.31.00:05"。

信 号 〔上〕

一

"也许允贞案的公诉期限已经过了,但是徐亨俊的还剩一天。"

"不可能,这……"

秀贤打断尹秀雅的话,对警察们说道:

"带走。"

尹秀雅在苦苦挣扎。警察们抓住她的双臂正要走的时候,允贞妈妈走了过来。

"等一下,允贞的案子呢?我们允贞的为什么不行?"

秀贤的心里满是遗憾。她低着头,回答说:

"对不起,在受害者死亡时间不确定的情况下,公诉时效根据推测死亡时间决定。也就是说……允贞有可能比徐亨俊死得早,也有可能死得晚,但是法律为了对嫌疑人有利……"

"那么……这个女人,是她杀死了我的孩子吧?对吧?可是不能追究她的罪责,对吧?怎么会这样?"

"对不起。"

"我等了15年,这到底是为什么!你为什么要杀死我宝贵的女儿!喂,你这个坏女人……15年了,我每天都想抓住这个人……苦苦等待这个人被抓……"

允贞妈妈瘫坐在地,一边咆哮,一边追问到底是为什么。谁也无法回答。警察们默默地低着头,痛苦的哭声仍然没有停止。

"允贞啊,妈妈对不起你,真的对不起。"

允贞妈妈久久不肯起身,痛哭着呼唤着允贞的名字。

CASE 1

金允贞绑架案

一

尹秀雅被移交到了检察院。海英去了很久以前的学校。在最后一次和允贞对视的玄关门前,他放上了洁白的菊花。操场上,孩子们笑得天真烂漫。允贞美丽的笑容浮现在眼前,耳边仿佛传来雨声。

海英开车驶向水木园。那是哥哥休息的地方。经过山路,他停在一棵红松树前,贴在树上的牌子写着:

故　朴善宇

1983年5月31日~2000年2月16日

纪念比我年轻的18岁哥哥

"那天如果我帮她撑伞,允贞现在会在我身旁吗?杀害允贞的犯人抓到了,哥哥,哥哥你好吗?允贞、哥哥,我好想你们。"

CENE · DO · NOT · CROSS //// CRIME · SCENE · DO · NOT
//// CRIME · SCENE · DO · NOT · CROSS //// CR

CASE 2

京畿南部连环杀人案

📍 京畿道 灵山市

1989 年 11 月 7 日

密密麻麻的人群中有两个空座。
材韩独自坐着看电影。
泪水总是盈满眼眶，
怎么擦都停不下来。

CASE 2
京畿南部连环杀人案
一

"然后还有什么吗？"

"没有了，没意思。"

面对体育记者的催促，海英平静地挂断电话，然后撕下了白板上的艺人照片。现在，他已经不是从前的海英了。

这个瞬间，23点23分，不知从哪里传来刺刺啦啦的对讲机杂音。海英回过神来，跑过去从包里拿出对讲机。

"李材韩刑警？刑警先生，是我。朴海英！多亏您，金允贞绑架案得以破案。您看新闻了吧？可是，徐亨俊的尸体在善一医院的事，您是怎么知道的？"

对讲机那头传来材韩粗重的喘息声。

"您到底在哪个署？我怎么也找不到您，而且您是怎么知道我的？"

疑虑重重的海英接连问了好几个问题。材韩低沉地说道：

"朴海英警卫……这恐怕是我最后一次通话了。"

"这话……是什么……"

"这并不是结束，无线通话还会重新开始。到时候您必须劝说我，劝说1989年的李材韩……"

海英一脸惊讶地听着。

"过去是可以改变的，千万不要放弃。"

"这是什么意思？您究竟在说什么……"

砰。

海英耳边清晰地传来一声枪响。海英大惊失色，冲着对讲机大声喊道：

SIGNAL
信号〔上〕

"刑警，刑警先生？您还在吗？没事吧？"

海英想要听到对方的回答，然而通话又中断了。他的目光变得混乱，接连叫了几声"刑警先生"，然后呆呆地注视着对讲机。2000年的材韩胸部和背部都在流血，海英不可能知道。

尹秀雅被捕几个月后，有关公诉时效制度的废止问题正闹得沸沸扬扬。"追究罪责到底""不能再有未破案"，质疑警察责任的声音也越来越高涨。

调查局长金范周新设了"首尔地方警察厅长期未破案专项调查组"。这是为了平息舆论而采取的临时措施。很久以前的案子，证据变得模糊，证人也消失不见，想要破案根本就是不可能的事情。长期未破案专项组是迟早要消失的部门。即便如此，还是要设立这个组，一方面是为了平息愤怒的舆论，另一方面也是想要处理眼中钉。

"你负责吧，惹了一次祸，也该付出代价。"

金范周低声对垂着头的安治守说。

"长期未破案是警察的耻辱，而碰触未破案就是揭开警察的遮羞布。等什么公诉期限之类的呼声平息下来，这个部门就会神不知鬼不觉地消失，所以你就安安静静地见机行事吧。"

安治守仍然默默地低着头。

"听懂了吧？就像15年前……李材韩的时候……"

听到材韩的名字，安治守的脸色更加黯淡。

"明白。"

CASE 2

京畿南部连环杀人案

一

安治守点头行礼,走出金范周的房间,面无表情地回到自己的办公室。

秀贤被分到了长期未破案专项组。她整理着办公桌,拿出藏在蝙蝠侠相框里的照片。20多岁尚显稚气的秀贤和冷冰冰的材韩,像好莱坞动作演员一样拿着枪,拍下了这张合影。当时她没想到这是自己第一次和他合影,也是最后一次。那天要拍警察宣传册照片,整个拍摄过程中材韩一直都在发牢骚,抱怨为什么要他来拍。真正面对镜头的时候,他却很认真地听从摄影师的指挥。新人警察秀贤也是一样。看到他们这个样子,同事们哄堂大笑。大家共同度过的快乐瞬间突然涌上心头。

长期未破案专项组的办公室设在首尔警察厅广域侦查队办公室的角落里。那是宽敞办公室内部用作仓库的狭窄空间。在一群五大三粗的警察中间,连名字也叫"黄义警"的年轻义警正在被大家吩咐着做杂活儿。和秀贤一起接到分配命令的桂哲和献基拿着装有自己物品的箱子,走进办公室。警察们盯着他们看。

"看什么,没见过警察?"

桂哲反感地说道。警察们并没有收回自己的视线。桂哲恼羞成怒,叫住了黄义警。

"你过来。"

"什么?"

黄义警正准备到桂哲身边,肌肉型的姜刑警却叫住了他。

"你去哪儿?"

SIGNAL
信号［上］

一

黄义警左右为难,桂哲又叫道:

"我让你过来。"

"不许去。"

黄义警不知所措,轮流看着两个人。紧张的气息在他们中间流淌。从旁目睹这一幕的文刑警阻止了姜刑警。

"算了,你干什么呢?快带路吧。"

黄义警这才从桂哲手中接过箱子。文刑警又说了一句:

"几个月后就走了,不是吗?对人家好些吧。"

听到这话,桂哲又是一阵愤怒。献基好不容易劝住了他,跟着黄义警去他们工作的地方,两个人哑然失色。破旧的桌子狼狈不堪,连隔板都没有,简直就是仓库。那里最引人注目的只有牌子,牌子上面写着"长期未破案专项调查组"。

"这简直就是寄人篱下呀。"

听到桂哲的牢骚,献基也跟着附和道:

"啊,这气味儿,看来没有人打扫卫生。"

正好秀贤进来,桂哲把矛头指向秀贤。

"车秀贤警卫,这算什么办公室?太寒碜了吧,向上级反映一下。"

秀贤好像没听到桂哲的话,放下箱子,指着空座位问道:

"这是谁的位置?"

"说什么要配齐人手,有位犯罪心理分析师要来,像模像样的人会来这里吗?啊,不过,会不会,难道⋯⋯不会是那个叫嚣着说自己是什么犯罪心

CASE 2
京畿南部连环杀人案
一

理分析师的兔崽子吧？"

桂哲唾沫横飞地说着，突然捂住嘴巴，压低了声音：

"不，不会一语成谶吧！哎呀，不，不可能。"

这时，安治守走进办公室，来到专项组的位置，把手里的资料扔到办公桌上。上面写着"京畿南部连环杀人案概要"。

"这是什么？"

"大韩民国最具代表性的未破案，京畿南部连环杀人案，没有人不知道吧？自从1987年发现第一位受害者之后，3年间受害者多达10人，手脚被捆到身后勒喉咙的作案手法和独特的打结方式，下雨天死，穿着红衣服死，甚至在社会上引发了怪谈传闻。这是非常有名的案子。投入警力1000多人，虽说当时科学调查手段尚不发达，可是连罪犯的影子都没有发现，这对警察来说也算是最大的耻辱了。这就是长期未破案专项组的第一个案子。"

听了安治守的解释，长期未破案专项组的成员们呆住了。秀贤似乎觉得不可理喻，一脸愤怒地看着安治守，说道：

"京畿南部连环杀人案？直接说让我们玩儿算了。那是26年前的案子，调查资料、现场照片都没有，到底让我们调查什么？这么点儿人手根本不可能。"

秀贤说得不错。现场发现的头发、血迹等证据通通消失，即使抓到犯人，也没有可供比较的DNA，所谓让他们调查，其实就等于让他们别工作。这时，正在听他们对话的某个人发出了声音：

"我觉得可以试一试啊。"

信号〔上〕

一

说话的是海英。秀贤、桂哲和献基吓了一跳，满脸惊讶，不知道这个人为什么会出现在这里。

"啊，这小子的预感为什么从来都不出错。"

桂哲低声对献基说。面对组员们的反应，海英似乎早有预料，若无其事地把物品放到办公桌上。

"这可是长期未破案专项组有史以来的第一个案子，那当然就应该是京畿南部连环杀人案这种难度的，不是吗？"

秀贤心里郁闷，想回应一句。这时，安治守先开口了：

"大家都认识了吧？这位是朴海英警卫，今后负责专案组犯罪类型以及行动方式分析、诱导口供战略业务。"

海英主动握手。秀贤没有理会，而是转头问安治守：

"让这个半吊子去抓人啊？没有相关学位，没有资历，没有调查研修院的学习经历，现在来做犯罪心理分析师？在证据不充分的长期未破案中，犯罪心理分析师的作用是最重要的。不是随便谁都可以，要找也得找个像样的吧。"

"什么？随便谁？"

海英愤怒地喊道。没有人理他，他们在继续讨论：

"车秀贤，没有更多的支援了，如果你不想要就不要。这个案子不仅代表我们警察的名誉，也是全体国民关注的焦点，不想做的人可以立刻交回身份证件离开。"

安治守出去了。海英想要质问秀贤，秀贤不耐烦地回到桌边坐下了。

CASE 2
京畿南部连环杀人案
一

"喂,气氛怎么会这个样子?"

"身为犯罪心理分析师,难道你的脑子不会转?没有脑子吗?"

桂哲忍不住站出来说话了:

"上网搜一搜京畿南部连环杀人案,到处都是相关报道,您觉得我们能轻而易举抓到犯人吗?"

桂哲的级别不如海英,他故意使用尊称,显然是在讽刺。

"朴海英警卫,掏干净耳朵,听好了,当时在现场发现的头发、血迹证据都不见了。即便抓到犯人,也没有可供比较的DNA。"

"所以才有问题啊。一丝头发和血迹都没有留下,也就是说没有管理好证据。不仅如此,其他未破案也一样。每个人都推说自己很忙,没有时间,敷衍了事。"

"你觉得这像是小孩子的游戏是吧?有人为调查这个案子丢了性命,不懂就不要乱说。"

秀贤冷冰冰地说道。

漆黑的深夜。下班后的秀贤站在某条胡同前。胡同很老旧,却还保留着有人居住的温度。低矮的建筑物挂着洗衣店、米店之类的老式招牌,整齐地排成 列。秀贤走进 家透出黄色灯光的钟表店。吱嘎。薄薄的玻璃门里,一位老人正在台灯下修表,一只眼睛戴了放大镜。看到老人,秀贤微笑着低下头。那是材韩的父亲。

"还好吧?好久不见了,边喝边等,我马上就修完。"

SIGNAL
信号 [上]

一

秀贤接过材韩父亲冲泡的速溶咖啡，四下里打量着钟表店，还是一如既往地亲切。

"有符咒啊，您又去寺庙了？"

"去什么寺庙，不去了，用符咒也没效果。"

秀贤茫然地注视着一边修表一边淡然说话的材韩父亲。

"最近不去相亲吗？"

"为什么？您希望我去相亲？"

"哎哟，都说女人心是墙头草，你干吗非要在我儿子这棵树上吊死啊……来，修好了。"

材韩父亲把修好的表递给秀贤，继续说道：

"扔了吧，不要再折磨我这个老眼昏花的老头子了。"

秀贤默默地笑了。对于秀贤来说，这块手表是绝对不能扔的。

"已经15年了，不要再来了……可以了。"

秀贤依旧默默不语，只是把视线转向别处。到处都是相框。材韩和父亲的合影、单人照，还有1989年刚刚成为警察时的青涩模样。

"前辈的第一个案子……就是那个吧？京畿南部连环杀人案。"

"对，那时他刚刚当上警察，心急火燎地要抓到犯人，结果成了这个样子。他说，虽然没能亲手抓到，但是一定会有人抓到犯人，一定会有人替他抓到犯人。"

材韩父亲和秀贤已经习惯了毫无希望的等待，他们虚无地告别。胡同里伸手不见五指的黑暗就像秀贤沉闷的心情。案子犹如眼前的黑暗，吞噬了26

CASE 2
京畿南部连环杀人案
一

年的岁月,什么都没有呈现出来。想起材韩,秀贤下定决心,无论如何一定要抓到罪犯。

因为两年前开始的连环杀人案,材韩所在的京畿南部灵山警察署一直都处于非常状态。1987年12月3日,京畿南部五圣山附近的田间小道上发现了受害者,随后又有受害者接二连三出现。警察们束手无策。

那天也不例外,材韩和巡警们在小山上巡逻。警犬的吠叫声和拿手电筒的警察们奔走的脚步声,还有不时传来的命令声,使得夜色更加深沉。一定要找到失踪者。材韩浑身是土,在小山上找了个遍。正在这时,对讲机信号音响了。

"刑警先生,李材韩刑警?"

"22号,京畿灵山署巡警李材韩,您是哪位?"

"哦……是李材韩刑警吗?我是朴海英警卫。前一段时间没有通话,我很担心,您没事吧?"

警卫为什么要通过对讲机发话?是监视吗,还是要发什么牢骚?材韩有些烦躁,但还是强忍着回答说:

"22号,京畿灵山署巡警李材韩,前来支援的新组员。您是管辖署的警察吗?现在位置五圣山南侧,寻找失踪者。"

"失踪者?"

"沿着推测失踪场所3号国道,寻找失踪者李桂淑!"

"李桂淑,五圣山?您是说京畿南部连环杀人案吗?第7个案子?3号国

SIGNAL
信号〔上〕
一

道，洋槐树林旁边芦苇丛里发现的。"

"什么？3号国道旁边的芦苇丛？"

"大韩民国警察还有人不知道这个吗？第7次是在3号国道旁边的芦苇丛，第8次在玄风站铁路，第9次……"

通话中断了。这是什么意思？材韩感到有些疑惑。听到发现失踪者的口哨声，他急忙朝那边跑去。有的同事在呕吐。他看见了，若隐若现的白脚沾了泥土，双手和双脚用长筒袜绑在身后，和京畿南部连环杀人案的其他受害者一样。

蓬乱的头发中间，一双眼睛失去生机，没能合上。材韩惊讶得捂住嘴，想起了对讲机的事。芦苇丛。他用手电筒一照，旁边是一片茂盛的洋槐树林。警卫在对讲机里说得很对。材韩惊慌失措，抬头寻找路标。他把手电筒往前伸了伸，"灵山里3km"的路标旁，清晰地写着国道号码"3"。刚才通话的朴海英警卫肯定事先就知道了。因为搜查和紧张而满头大汗的材韩注视着手里的对讲机。

"究竟……是谁呢？"

材韩难以相信，呆呆地沉思了许久。

那天夜里23点23分，对讲机又响了。海英正在重新查阅多张履历表的复印件。凡是名字叫李材韩的警察，无论是现职还是已经离职，他全部见过面。大韩民国警察署保存的李材韩履历表共有15份。通过对讲机里听到的声音判断，除掉50岁以上的还剩9份。除去现职警察3名，共剩下6份。这两位警察

CASE 2
京畿南部连环杀人案
一

海英都见过,和金允贞绑架时间全无关联。除去保安公司经理李材韩、个体户李材韩和私家侦探所所长李材韩,只剩3个人。2015年在工作中死亡的李材韩,2013年离职的李材韩,2001年被免职的李材韩,他们中间究竟谁是呼叫自己的李材韩呢?夜深了,海英还在反复思考。1989年,京畿南部连环杀人案第7名受害者发现的时间,材韩就是在那个时刻、那个地方发来无线电的。这是怎么回事?海英想不通。

对讲机那头传来了口哨声,不知道是发现了什么。呼叫中断后,海英辗转反侧,彻夜难眠,天一亮就跑到了警察署。巨大的白板上,密密麻麻地记录着10名受害者的姓名和案发场所。无论如何一定要查清这个案子,才能找到神秘对讲机的线索。看到海英在埋头记录,桂哲和献基连连咂舌。他们的眼神仿佛在说:你这个样子就能破案吗?随后来上班的秀贤对他们下达了搜查指示。

"大家应该很清楚,走到哪里都不要指望会受欢迎。重新调查未破案,意味着让当时的负责警察承认自己调查失误。当时为什么没有继续挖掘?为什么办成这个样子?为什么如此无能?我们要问的问题主要就是这些。做好心理准备,把余生要挨的骂都挨一遍。不过能活那么久,也不用委屈了。"

"哈,我的命好苦……"

桂哲叹了口气。秀贤把厚厚的名单放在桌子上。

"这是当时负责京畿南部连环杀人案的警察名单。全部都要见面,一个也不能遗漏。重新搜集所有人的记忆和所有人掌握的资料,我们才能有自己的调查方向。我负责见受害者家属,桂哲前辈负责当时办案的重案班警察。

SIGNAL

信 号［上］

一

只要发现什么资料,立刻交给朴海英。证物由郑献基负责。"

海英写下10位受害者的名单和案发场所,然后静静地听秀贤说话。不合时宜地感叹命苦,板着脸的桂哲拿出衣服,像故意说给海英听似的。

"要不要去见一见从前的警察……"

"要挖苦就挖苦吧,我会按照自己的方式去调查的。"

这时,秀贤从自己的手册里拿出一件东西,递给海英。

"这个你拿着,别只顾吃饭,也懂点儿事。"

"这是什么?"

"团队合作。"

那是玄风站案发现场照片。

"这是我认识的前辈个人保管的照片,第7次李桂淑案和第8次玄风站案的照片。我可是说好要还的,你要是弄丢就死定了。"

照片上看不到,有一对男女走在铁道旁。尽管谁都没有说,然而他们互相依恋。

洞事务所职员媛静是个美丽的女孩。去洞事务所调查嫌疑人身份,第一次见到媛静的瞬间,材韩当场就呆住了。"请问您需要什么帮助?"媛静灿烂地笑着问道。材韩结结巴巴,像傻子一样。世界上竟然有这么漂亮的女人。轮休的日子,材韩偷偷地站在洞事务所的围墙边。他看到的媛静不但脸蛋漂亮,心地也很善良,亲切而开朗。材韩只是在她身边徘徊,默默注视,却不敢靠近。现在他刚刚成为警察,还只是一名巡警,他想以更精彩的面貌出现

CASE 2

京畿南部连环杀人案

一

在媛静面前。等我，我一定会抓到犯人，提前晋升，然后向你表白。每当面对着媛静天真无邪的微笑，他都会暗下决心。

媛静喜欢材韩这样的男人。第一眼见到材韩，她就知道他是好人。他总是站在弱者这边，从不因为自己是警察而怠慢别人，在上司面前也不会卑躬屈膝。有一天上班路上，媛静看到材韩在警察署门前往国会议员乘坐的黑色轿车上贴闯红灯违章罚单。司机问他知不知道车上坐的人是谁。材韩严肃地说，犯了错就应该承担责任。媛静笑了。她从小失去父母，跟着姨妈生活，并不是轻易就对男人敞开心扉的女人，然而像材韩这样的男人应该值得信赖。他投来的视线令她感到幸福。

连环杀人案发生后，附近人心惶惶。不论白天还是黑夜，陈旧的小巷都静悄悄的。女人们下班回家，走路总是格外小心。媛静值完夜班回家晚的时候，材韩就跟在她身后，默不作声。尚未表白的腼腆男女谁都不说话，他们把自己的心思盛在脚步里。路灯下，铁路旁，无数的脚印代替了爱的密语。看到大门关闭，听到媛静对姨妈说"我回来了"，等到她房间的灯熄灭，材韩才肯离开。只有看到她安全地回到自己的小世界，他才心安。偶尔在周围徘徊的时候会遇到媛静的姨妈，气氛尴尬，不过他还是守护到底。

"还是那小子吗？"

媛静面带微笑回到家，坐在水池边。姨妈问她。媛静笑而不答。

"一个大男人，喜欢就说出来。每天跟在人家屁股后面，还是警察呢，看来是想保护自己喜欢的女人。"

说完，媛静姨妈出门倒垃圾，看到材韩仍然站在围墙下，还没有回去。

SIGNAL
信号〔上〕

一

看到姨妈，材韩有些慌张，在胡同里左顾右盼，转过身说：

"朋友家……住在这附近……是搬家了吗？"

望着材韩的背影，媛静的姨妈哭笑不得。材韩加快脚步逃离。他对媛静的下班路径格外用心，是因为上次调查时接到的不可思议的呼叫。

"大韩民国警察还有人不知道这个吗？第7次是在3号国道旁边的芦苇丛，第8次在玄风站铁路……"

他也觉得这话不可思议，却又放心不下。媛静家就在玄风站附近。心爱的媛静会不会在下班路上……材韩尽可能地陪着媛静下班。因为腼腆，他不敢和媛静并排走路，不过，至少可以在后面默默地保护媛静。

对讲机的通话内容总是让材韩忐忑不安，于是他去找负责这个案子的警察。警察正在审问目击者，一对老人。这已经是第4天了，他们的说法改变了几十次。

"我不知道谁是谁，已经过去3天了，不是吗？"

"当时是漆黑的深夜。"

老爷爷和老奶奶重复着同一句话。警察金昌洙正在哄两位老人：

"看见了总还是会有感觉吧？听说大叔年轻时是海军？您不是说那天晚上看到有人经过吗？得把那个家伙找出来。"

"哎哟，这么多啊，什么时候能看完？"

"住在附近的年轻男人不是一个两个，现在已经看完了200人，还剩下320人，加油。"

咚咚，材韩敲门，然后迟疑着走进正在取证的办公室。

CASE 2
京畿南部连环杀人案
一

"谁啊,随便进来?"

"灵山署巡警李材韩,我有事要问负责的警察……"

"我就是负责警察,怎么了?"

"调查组有没有一名叫朴海英的警卫?"

"朴海英?没听过这个名字,你找这个人做什么?"

"我收到一个奇怪的呼叫……说第8个案子在玄风站铁道旁发生……"

"你真是的,你在诅咒下一个人死吗?"

"不,不是我说的,是对讲机……"

"出去,你没看到我在忙吗?我连觉都没睡,困死了,真倒霉……出去!"

金昌洙把文件夹扔向材韩。遭到驱赶的材韩也觉得不可思议,对方不相信是理所当然的。不过,他还是觉得哪里不对劲儿,于是就到玄风站铁路旁察看。

铁道旁边荒无人烟,路灯暗淡,散发出阴森森的气息,这里只有成群的蚊子。我这是在干什么?

"我一定是听错了,不可能真的发生这种事。"

因为一个匪夷所思的无线通话,自己就来受这份苦,真够丢人的。他一边走,一边踢着小石头。突然,手电筒的光芒让他看见有什么东西滚了过来。

朴海英久久地盯着白板,"第8次场所,玄风站铁路;受害者,主妇李美善",然后重新查看照片。一张是滚落在铁道上的苹果,另一张是五花大绑躺

信 号 [上]

一

在草丛里的李美善的尸体。突然,照片变得模糊了。

"哦,怎么突然变成这个样子?"

海英揉了揉眼睛。正在这时,风从2015年长期未破案专项组凌乱的窗户吹进来。阳光也从窗棂外探进头来,照亮了堆积如塔的调查资料。风轻轻翻开资料,也吹动了很久以前的照片。反射在白板上的阳光喷洒出白色的光芒,像是制造地气,文字跟着动了起来。

海英揉了揉眼睛,使劲睁大。一切都变了。白板上的字,资料中的记录,照片全部变成了梧城洞游乐园的照片。正在出外勤的秀贤的手册里,数字也发生了变化。发现变化的人只有海英。

"这,到底……是为什么?"

一头雾水的海英重新查看。自己写过的白板上也变成了"玄风站未破案,幸存者李美善"。海英怀疑自己是不是疯了。他像丢了魂似的张大嘴巴,好长时间才回过神来,重重地打自己的耳光。脸颊很疼。没有疯啊。眼睛里也没进什么东西,怎么回事呢?海英抓住正好拿着咖啡进来的献基,急匆匆地问道:

"那个……是不是你做的?"

"你在说什么?"

"受害者李美善变成了幸存者。"

献基呆呆地盯着海英,大感不解。

"对呀,就是幸存者。"

献基泰然自若地回到座位。望着他的背影,海英还是觉得不对劲,走出

CASE 2

京畿南部连环杀人案

一

办公室，上车给秀贤打电话。

"怎么了？"

"李美善，玄风站被杀害的。"

"你在说什么？玄风站的案子还没有破。"

"什么叫还没有破？李美善明明已经死了……"

"犯罪心理分析师朴海英，你不识字吗？李美善当时明明活过来了。"

在玄风站，滚到材韩面前的东西是苹果。这是什么东西？他往前面照了一下。月光里，又有一两个苹果落到跟前。直觉告诉他，这里面有问题，于是材韩开始追赶苹果。苹果的终点是草丛前。走到放着苹果袋子的地方，材韩差点儿瘫倒在地。里面露出女人的脚。他急忙走进草丛，看到女人嘴巴被堵住，手脚被捆，倒在地上。好像死了。材韩怀着试探的心情，小心翼翼地走过去。他用手电筒一照，女人猛地睁开眼睛。材韩吓坏了，扑通坐到地上。

材韩回过神来，朝女人走去。

"没事吧？"

材韩走过去，想要放开女人的手脚。女人大惊失色，发出呜呜的声音。

"我这就帮你解开。"

材韩努力让女人平静下来，然而女人抖得像筛了。他告诉女人自己是警察，让她放心，还是无济于事。当他靠近，想要解开女人被捆在身后的手时，她却竭尽全力，拼命喊叫：

"啊啊，啊啊！"

SIGNAL
信 号 [上]

一

空旷而黑暗的铁道旁，原以为没有人的地方还有另一个人，正是犯人。他被有人靠近的动静吓着了，没能干完坏事就不得不离开。现在，他拿着铁管，重新出现在这里。材韩聚精会神地帮女人解开绳子的时候，犯人慢慢靠近他的背后。再次见到犯人，女人发出恐惧的叫声。就在这时，沉重的铁管划破夜空，朝材韩落了下来。

国家柔道队出身的材韩已经察觉到动静，迅速躲避，绕到后面，打了男人一拳。那是个年轻的男子，戴着黑帽子。

"这个兔崽子，这个兔崽子就是罪犯，今天我要结果了你。"

材韩再次冲向男人。青年男子拼命地推开材韩，逃跑了。当时，灵山市因为发生过连环杀人案，每到夜幕降临就是一片寂静。材韩追赶犯人，经过玄风站，进入村庄小路。他们在胡同与胡同之间迅速穿梭，犹如穿过复杂的迷宫，终于来到胡同尽头的大路。大路边有公交站，正巧一辆公交车到达。门开了，又关上，然后驶离公交车站。材韩气喘吁吁地跑到大路边，公交车已经开走了，一个头戴黑色帽子的青年正好经过。材韩立刻跑上去，重重地打了一拳，使得犯人无法逃走，然后用颤抖的手给他戴上手铐。这是他做巡警之后第一次给犯人戴手铐。

海英急急忙忙开车出来，找到金昌洙。他就是当时负责这个案子的警察，把材韩赶出门的金昌洙。

他很坚决地拒绝对话，躲到自己做保安的公寓后边。海英抓住他，恳求道：

CASE 2

京畿南部连环杀人案

一

"就一会儿,我只想知道一件事。"

"走开!我无话可说。"

"玄风站,李美善活过来了,这是真的吗?当时发生了什么事情?"

听到"玄风站"三个字,金昌洙直挺挺地站着,狠狠地瞪着海英。

"玄风站,是的,就是因为当时的案子。那个该死的巡警,灵山署的巡警李材韩,胡说什么接到了奇怪的呼叫。那个家伙毁了一切!"

李材韩巡警,奇怪的呼叫!回到办公室,海英再次查看白板。

站在白板前,海英回忆以前的呼叫。问题出在哪里?真的是他疯了吗?第一次在振阳警察署门前的货车里接到呼叫的时候,李材韩刑警说他发现了徐亨俊的尸体。徐亨俊死于2000年,他说的不是白骨,而是尸身。他还让海英说服1989年的李材韩。2000年,"最后"的无线通话。1989年,李材韩巡警,难道是来自过去的呼叫?这可能吗?全身的力气都耗尽了。这要怎么接受呢?

"不可能,绝对不可能。"

海英目光颤抖地注视着对讲机。嘀嘀,呼叫又响起来了。海英瞥了一眼手表,23点23分。他的身体抖了一下。不可思议的事情正在发生。深呼吸之后,他咽了口唾沫,沉思片刻,慢慢地拿起了对讲机。海英按下发话键,用低沉的嗓音问道:

"你,是谁?"

1989年的材韩不知道发生了什么事,只顾着高兴,兴高采烈地回答:

"朴海英警卫?我是李材韩。"

"你,到底是谁?你对我做了什么?"

信 号 [上]

一

"我不知道您在说什么……不过我抓到了犯人,在玄风站铁道边。这一切多亏了朴海英警卫。不过我真的很好奇,您是怎么知道玄风站铁道的?"

海英快要发疯了,他大声喊道:

"你在逗我吗?你在哪里?我马上过去,回答我!你在哪里!"

"还能在哪里,当然是梧城警察署门口,刚把崔永信交到署里。"

"你真的抓到了崔永信?"

"是的,我抓到崔永信了,是个乳臭未干的小混混。"

海英大吃一惊,看了看白板。"幸存者李美善"下面写着"嫌疑人已逮捕——崔永信"。

"你那里真的是1989年?"

"您怎么总是问这个?哪儿不舒服吗?"

"我不知道你想搞什么鬼,不过如果你那里真的……真的是1989年的话,那么崔永信会死的。"

海英的视线固定在白板上,继续说道:

"崔永信不是真正的凶犯,在审讯过程中因癫痫发作而死亡。崔永信死亡的时刻,梧城洞大成超市门前会出现第8名受害者。如果你真的是1989年的警察,应该可以阻止。"

海英说完,对讲机就没信号了。时针指向12点。海英焦急地注视着白板。如果自己真的是在和1989年的某个人通话,应该可以再次改变当时的情况。与此同时,为了表达感谢而呼叫朴海英的材韩也是茫然不知所措。犯人抓到了,还会出现第8名受害者?材韩莫名其妙地有种不祥的预感。

CASE 2
京畿南部连环杀人案
一

隔着两台无线对讲机，生活在不同时代的两名警察参与了同一个案件。

果然像对讲机里说的那样，崔永信被金昌洙和组员们带回调查室的时候，因癫痫发作而死亡。材韩发疯似的跑到警察署的时候，崔永信已经停止了心跳。在调查室门前的走廊里，他看到金昌洙的背影，正在按压嫌疑人崔永信的胸部，实行心肺复苏术。另一名警察跑过失魂落魄的材韩身边：

"又发现了一名受害者，在梧城洞大成超市门前，第8名受害者！"

警察们都跑出去了。游乐场里发现了女乘务员黄敏珠的尸体。几天后，金昌洙不可避免地遭到舆论指责，说他误把无辜市民当成罪犯，致人死亡，因此接受调查。一起负责案件的警察叫来了材韩。

"犯人长什么样？"

"戴着帽子，没看到。"

"真没用，知道在哪里又是怎么跟丢的吗？"

"我一直追到胡同口，明明就是这个家伙。我不知道。"

"不知道犯人长什么样，什么都不知道，这还算警察吗？你小子算是挽救市民性命的巡警，只是被停职而已，昌洙大哥却要坐牢！你知道吗？"

恼羞成怒的刑警踢了一下桌子，出去了。材韩沉默不语，向另一名警察求情：

"请帮我找一下侦查组的朴海英警卫，只要找到这个人就行。"

"不要胡说八道了，你把警察证和无线对讲机交回来吧。"

听了警察尖锐的言辞，材韩不得不交回自己的警察证和对讲机。回到办

信号 [上]

一

公室,他开始调查朴海英。恩昌警察署朴海英警卫。找到信息后,材韩急忙赶到了恩昌警察署,闯进警察管理科办公室,不分青红皂白地问道:

"朴海英出来!我都知道了,你快出来!"

"您有什么事?"

"是你吗?"

材韩没有时间回答,抓住年轻警察的衣领,把他摔倒在地,然后坐到他的身上,摇晃着他的身体大吵大闹:

"都是因为你,无辜的人死了!怎么办?你怎么负责?"

女警察走到发疯的材韩身后,说道:

"我是朴海英,发生什么事了?"

材韩放开抓在手中的衣领,看了看女人胸前的警察证,不由得大吃一惊。"警卫朴海英"。材韩恍然大悟,趁着人们为突如其来的躁动而慌乱的时候,赶紧溜出了恩昌警察署。好不容易平静下来,他迈着沉重的脚步走在路上,不明白究竟为什么会发生这种事。朴海英警卫是谁,他怎么知道这个案子,真的是有人为了让自己狼狈而搞的恶作剧吗?材韩百思不得其解。

不知不觉间,材韩走到了洞事务所门前,隔着窗户看见媛静正在伏案工作的身影。他呆呆地看了许久,正好与抬起头的媛静四目相对。材韩吓了一跳,慌忙避开视线。当他再次抬头的时候,媛静已经不见了。去哪儿了?他踮起脚往洞事务所里面看,后面有人叫他:

"李巡警。"

是媛静。他不敢迎视媛静的目光。她太美了,材韩甚至没有勇气和她说话。

CASE 2
京畿南部连环杀人案
一

"你没事吧？"

"当然没事，怎么，你希望我有事吗？"

材韩因为过于吃惊而说了言不由衷的话，然后转过身去。这时，媛静又叫住了他：

"李巡警，我……"

媛静吞吞吐吐，像是有话要说。她的手插在口袋里，犹豫了一会儿，笑着说道：

"没什么，加油。"

媛静低头道别，转身回事务所了。材韩看着她离开，终于鼓起勇气走了过去。媛静很吃惊。他把电击棒放到媛静手中，说了句"世道太乱"，然后逃也似的跑开了。望着面带微笑抚摸电击棒的媛静，材韩感觉心都要炸裂了。因为她，材韩似乎有了重新振作的勇气，什么事都可以去做。她的存在本身就是对他的安慰，就是力量。无论如何都要抓到犯人，将他绳之以法，送进监狱，然后就可以理直气壮地约会了。在这个时候，材韩还坚信自己一定可以做到。

第二天，海英去了国立图书馆，在报纸阅览室里翻看1989年11月6日的报道。11月6日是李美善幸存的第二天，报纸上刊登着令人难以置信的报道。

"京畿南部第8名受害者出现""无能警察错过真凶，逮捕无辜市民""被错误当成嫌疑人的青年遗憾死亡"等报道全部变了。这么不可思议的事情竟然是真的？他心情惨淡地看报道，突然注意到一篇小小的加框新闻，题目是

SIGNAL
信号〔上〕

一

"底层巡警救市民"。救了主妇李某的人并不是重案组的刑警,而是巡逻的底层巡警。报道旁边是一张照片,模糊地写着巡警李材韩的名字。海英震惊不已,连忙从包里翻出为了寻找李材韩而搜集到的简历表,从中找出和报纸上的李材韩照片相同的简历。1988年首尔奥林匹克柔道国家选手常备军出身,1989—1991年就职于京畿南部灵山署,职务是巡警。对讲机是真的!

走出图书馆,海英去找秀贤。秀贤去了当时的幸存者而如今已经去世的李美善的家,却被她的丈夫泼了一身水。他大声呵斥,让秀贤不要再折磨自己。就是因为你这种人总是纠缠不休,追问那些不愿想起的往事,才导致活着的人死去。李美善的丈夫愤怒地说道。看到秀贤浑身滴水的样子,海英忘了自己要问的事,发起了牢骚。

"这种事经常发生吗?"

"经常这样的话,那我还用害怕吗?我们不仅挨上司骂,死者家属更严重,说我们是连犯人都抓不到的无能警察,没有好脸色,只能忍着。"

海英哭笑不得地注视着秀贤。李美善的女儿远远地叫住了他们。她记得秀贤说过想看一看李美善的遗物,于是就带着一个小包出来了。

"请您理解,总有记者和其他人来,父亲很痛苦。妈妈平时不出门,只在家里待着,能展示给你们看的东西不多。"

包里只有几件衣服、几本书和一张旧照片。照片上是一对抱着婴儿的年轻夫妻。

"能有这张照片,多亏了那位在玄风站铁道旁救了妈妈的巡警。当时我还在妈妈腹中,如果不是那位巡警在场,如果他当时不在场,我和妈妈恐怕都早已不在这个世界上了。妈妈说她去找过好几次,但是那位巡警都不肯见面,没能当面致谢。所以妈妈说,对别的警察也要好一些。"

秀贤和海英严肃起来。他们感觉到了故人的心意。两个人都不知道对方了解材韩的存在,但是此时此刻,他们的想法是一样的。告别了李美善的女儿,海英才说出自己来找秀贤的原因。

"你可能觉得不可思议,觉得荒唐,如果,我是说如果,如果从过去发来呼叫,你会怎么做?"

"所以你不去做资料分析,来找死者家属?你是在找借口吗?"

海英料到她不会相信,本来也没有期待太多。他只是怀着试探的心情来找秀贤。不过他还是大失所望地转过身,准备乖乖地回到自己的位置。秀贤冲着他的后脑勺说道:

"我会告诉他,请他保护好自己爱惜的人,如果从过去发来呼叫的话。"

"如果一切都因此变得更糟糕呢?"

"即使变得糟糕,也要试着去做,总比因为没做而后悔要好,不是吗?"

下班后,海英回到家里,拿出了对讲机。第一次通话的时候,李材韩就已经知道海英了。第二次通话的时候也是一样,他对海英说了一句意味深长的话:"无线通话还会重新开始。到时候您必须劝说我,劝说1989年的李材韩……"第二次通话的时候,他似乎对海英全然不知。那就是第二次通话中说的1989年,呼叫重新开始了。

"这个无线通话为什么开始,为什么让我说服他?"

海英回忆着每次通话的内容,仔细咀嚼材韩说过的话。

"过去是可以改变的,千万不要放弃。"

SIGNAL

信号〔上〕

一

　　海英不知道呼叫为什么开始,为什么会发生这种莫名其妙的事情,或许就是因为过去需要改变?海英下定决心,一定要挽救死去的人们,抓到犯人,一定要这样做。

　　下定决心后,海英把整理好的调查记录分成两栏,写在白板上面。过去的记忆和变化的调查记录,从第1次到第10次,原来记忆中、无线通话之前的情况和现在的调查记录,把变化的部分写在旁边。

　　前

　　第8次,李美善,25岁,主妇;发现场所,玄风站铁道;发现时间,11月5日夜9点。

　　第9次,黄敏珠,21岁,女乘务员;发现场所,梧城里田间路;发现时间,11月25日夜11点。

　　第10次,金媛静,22岁,公务员;发现场所,玄风山泉水边;发现时间,12月10日凌晨5时。

　　后

　　第8次,黄敏珠,21岁,女乘务员;发现场所,梧城洞大成超市门前;发现时间,11月5日夜11点。

　　第9次,金媛静,22岁,公务员;发现场所,旋风洞胡同;发现时间,11月7日夜9点30分。

　　写完之后他发现,相同的受害者,作案时间却全部混乱,作案场所也发

CASE 2
京畿南部连环杀人案
一

生了变化。通过呼叫改变的玄风站未遂事件发生时,肯定出了什么事情,使得犯人不得不把作案时间提前了。

在此之前,作案场所主要是草丛、芦苇丛、田间小路等人迹罕至、不易被发现的僻静场所。发生变化之前的第8次、第9次,受害者本来被杀害的场所也是田间小路和山泉边,后来变成了超市门前的胡同等通行量相对较大的开放性场所。"犯人改变狩猎场所的原因是什么呢?为什么犯人的行动突然发生变化?我一定要查清楚。知道犯罪内容发生变化的只有我一个人。我一定要查清楚。"海英暗下决心。

分头搜集资料的专项组组员们聚集起来的时候,秀贤说她发现了一个共同点。

"通过面谈9名受害者家属搜集到的资料,我发现受害者年龄、职业各不相同,居住地也不同,但是有个共同点,他们都是在乘坐公交车回家途中遇害的。"

"哇,这个共同点真是了不起,当时又没有地铁,当然要乘坐公交车,难道还能步行?"

静静听着的桂哲冷嘲热讽地说道。秀贤没有理睬,打开电脑GeoPros程序[2]。灵山市地图上,10个红点连接成线。

"把9次案件受害者被发现的场所放入GeoPros程序,和目前的一条公交线路完全一致。1508路,我问过公交公司,26年前这条路线也在运行,当

2　地理数据分析系统,把多种空间统计分析方法应用于警察犯罪调查数据,可以通过预测犯罪危险区域确定调查策略,或者通过预测连锁犯罪者居住地展开调查活动。——原注

信号〔上〕

一

时是95路。受害者都乘坐这个线路的公交车。第8名死者黄敏珠还是这个公司的向导员,如果说偶然,是不是有些蹊跷?"

公交车,公交车,海英急忙翻看资料。桂哲仍然哭笑不得。

"哎呀,你看这个路线,几乎穿越了整个灵山市。除了受害者,灵山市民有一半都乘坐这条线路。这不是共同点,是不得已。"

献基也插嘴说道:

"金前辈说得对啊,这个不足以成为寻找犯人的线索。"

正在翻看资料的海英冷不丁问道:

"玄风站呢?玄风站附近也有95路公交车经过吗?"

秀贤打开地图确认。海英在地图上找到位置。大概明白了,是公交车。

"犯人在玄风站袭击李美善失败,一个小时后在梧城洞游乐场杀害了女乘务员黄敏珠。两天后,他又杀害了第9名受害者。如果是普通杀人犯,刚刚经历了差点儿被警察抓住的危机,通常都会保留一定时间的冷静期,因为他们担心万一被警察抓到怎么办。这名犯人反而在玄风站杀人案之后开始疯狂杀人。"

秀贤认为,杀人成狂的连环杀人犯改变犯罪模式也是可能的。海英却做了反驳。

"说不定有不得已的原因呢?我们看一下他袭击李美善被巡警发现后的逃跑路线:站台方向有站务员,不可以;铁路朝四周敞开,这对逃跑不利,那么剩下的就只有胡同了。而且这条胡同的尽头是95路公交车经过的公交车站。之所以错过犯人,犯人之所以突然加快犯罪速度,都是因为公交车。第8次、

CASE 2
京畿南部连环杀人案
一

第9次,并不是随意选择受害者,她们都是在公交车上见过犯人的目击者,杀害她们是为了灭口,所以在调查开始之前匆忙杀死了她们。"

听完海英的解释,桂哲似乎觉得不可思议:

"什么?你先去见过当时负责的警察了?说好由我去见的啊?"

"没有啊,你这话是什么意思?"

"当时也有一个家伙说的和你一字不差,一样的满口荒唐,就是救活李美善的巡警。他也胡言乱语,说犯人在公交车上,所以黄敏珠死了。"

材韩!李材韩刑警。李材韩也这样说过,那么自己的推理是错的吗?海英反复追问桂哲是不是真的。

"当时的公交车司机说,那一站没有人上车。我也见过公交司机了,好像身体不好,住在疗养院里,幸好还活着。虽然是很久以前的事了,但他记得清清楚楚,他说那一站没有人上车。"

"最后见过黄敏珠的女同事呢?"

"昨天约好见面,可是我去她家的时候,她不在家,没有见到。"

秀贤向桂哲要了黄敏珠同事郑京顺的地址,打算和海英一起去找。桂哲无法理解他们的做法,案子已经结束,又有公交车司机的证词,为什么还要穷追不舍。

"车刑警打算干什么?"

"还有其他线索吗?处理未破案就是要找出当时警察们错过的部分。我得去看看新任犯罪心理分析师说得到底对不对,是不是他编的小说。"

秀贤带着海英去找郑京顺。走出办公室,海英狡黠地对秀贤说道:

SIGNAL
信号 [上]

一

"现在觉得我可信了吧？我和知性的人有相通之处。"

"搞笑，快跟上。"

秀贤似乎觉得他的话不可思议，批评了一句，然后走在前面。

"哈，真让人无语。一起走吧。"

海英上了秀贤的车，直到快下车，一句话也没有说。

"好像快到了，路怎么堵成这样，和刚才走过的路是不是很像？"

秀贤不动声色地说，海英默默不语。

"生气了？"

"谁生气了？"

"那你为什么不回答？"

"犯人此刻会在做什么呢？"

听到出人意料的回答，秀贤默默地瞥了海英一眼。

"犯人已经杀人成性，无法抗拒这种快感了。他把警察玩弄于股掌之间，从来没有进入警察的调查范围，可是为什么收手了呢？"

秀贤陷入沉思，海英淡淡地说道：

"应该是死了，或者因为其他罪名进了监狱。要不就是移民了。怎么说的都有。但是，如果他还在我们身边呢？普通人什么都不知道，根本不知道他是史上罕见的连环杀人魔……"

1989年11月6日，黄敏珠死亡第二天，材韩再次来到梧城警察署，公交车司机李天久和黄敏珠的同事郑京顺正在接受调查。材韩在走廊里拦住警察，

CASE 2

京畿南部连环杀人案

一

反复劝说,一定要对公交车的情况进行调查。

"95路公交车!调查当时乘坐公交车的人,就会知道同在公交车上的犯人长什么样子,这样就能抓到犯人。"

警察半信半疑,决定向正在接受调查的李天久和郑京顺求证。40多岁的李天久长相纯朴,面露恐惧地回答着警察的问题。

"下班路上,感觉游乐园有点儿异常,我就过去看看,没想到是我们的黄小姐。"

20岁出头的郑京顺看上去还很稚嫩,却又不失精明和干练,同样显得很害怕。

"敏珠死之前,我的确见过她,但是我一点儿都不知道,她跟着末班车刚回来就说太累,直接下班了。"

"李天久先生。"

和材韩交流过的警察叫住了李天久。

"那天,黄敏珠乘坐的末班公交车是您驾驶的吧?"

"是的。"

"当时,有没有乘客在玄风站上车?"

"身穿黑色T恤,20岁出头,记得吗?"

材韩忍不住插了一句,催促李天久回答。

"玄风站是最后一站,几乎没有客人,因为是昨天的事情,我记得很清楚。"

材韩几次让他再好好想想。当时在胡同口抓到崔永信的时候,分明有公

SIGNAL
信号 ［上］

一

交车停在那里。一定有人跑着上了车，然而李天久的回答却和材韩的想法不同。

"我记得很清楚，昨天晚上那站没有乘客上车。"

材韩不相信，恼羞成怒地追问道：

"不可能！在胡同里分明是那个家伙，在公交站跟丢了。师傅，你是不是在说谎？"

材韩面红耳赤，李天久还是摇头。警察们提高嗓音，让材韩不要这样。

"如果你说的是真的，司机应该最先死掉，因为他看犯人的脸看得最清楚，嗯？走吧，不要妨碍我们调查！"

材韩走了。郑京顺接受完调查出来的时候，疑惑地观察着李天久。

女乘务员郑京顺住在梧城市。秀贤和海英正在多户住宅密集的小胡同里寻找郑京顺的家。

他们把车停在导航指引的地方，再次确认地址。是郑京顺的地址。登上外面的楼梯，他们按响郑京顺家的门铃。灯亮着，还有电视的声音，家里似乎有人，可是没人出来。他们又按了一次门铃，还是一样。海英一边敲门，一边叫道：

"有人吗？我们是警察。"

还是没有人回应，秀贤隔着窗户往里看，隐约看到女人的脚。一种不祥的预感促使她推开海英去拉门。门开着。

结构和普通的多户住宅没什么不同，狭窄的客厅和厨房里堆满了杂物，

CASE 2
京畿南部连环杀人案
一

还没有清理。秀贤在家里观察了一会儿,打开从窗外看到的卧室门,两个人当场就僵住了。郑京顺被人杀害,用和京畿南部连环杀人案相同的手法捆绑在那里。

"那个结,和以前的一模一样,是那个家伙,就是那个家伙!"

秀贤让受了刺激不知所措的海英镇静下来,和专项组成员、管辖署取得联系。不一会儿,外面响起警笛声,警察和记者蜂拥而入。"时隔26年,罪行重新开始了吗?""请回答,手法真的和京畿南部连环杀人案一模一样吗?""犯人再次出现了吗?"急于抓头条的记者们不遗余力地提问。

专项组成员献基和桂哲迅速穿过记者中间,开始侦查现场。迅速拍照,对周边人物进行调查。这时,京畿地方警察厅(京畿厅)的警察们冲了进来。

"好久不见,朴海英警卫,打个招呼吧,这是京畿厅的警察们,我的后辈,大概是对这个案子有兴趣吧,所以就来了。也难怪,哪有对这个案子不感兴趣的警察呀,谁能想到犯人在26年之后又跳出来了?因为我们开始调查,所以犯人害怕了。总之朴刑警,久违了!"

听着桂哲傲慢的一番话,京畿厅的朴刑警流露出对待前辈不该有的态度,皱着眉头大声喊道:

"没有管辖署的允许,谁让你们擅闯现场的啊!这个案子京畿厅接手了,你们都出去吧!"

安治守已经下令把秀贤召回广域侦查队系长室,同时召回现场的专项组成员。管辖这个案子的是京畿厅,由京畿厅重案组负责,专项组从这个案子中撤出。秀贤提出反对意见,认为不该让正在调查的专项组成员撤出调查。

SIGNAL

信号﹝上﹞

一

听朴刑警说案子由京畿厅管辖，海英的眼神变得冰冷。桂哲笑得更响亮了。他阻止朴刑警道：

"你这是干什么，喂，需要情报的话，我可以偷偷给你。"

"前辈以为我是你吗？不管是钱，还是情报，我都不会偷着收。要是因此像某人一样被降级，那可就丢人了。"

朴刑警话音刚落，桂哲变了脸色。

"喂，你真够……"

"屎汤子也有波浪，长幼有序才对，身为下级随随便便说喂喂喂，这样可不行。"

脸红脖子粗的桂哲控制不住自己的表情。这回海英站了出来。

"那么，同级的就可以随随便便喂喂了吗？"

朴刑警和其他警察们瞪大眼睛。海英眼睛眨也不眨，继续说道：

"这个案子，是我们的，滚开。"

"什么？"

"这个圈子里不讲餐桌道德吗？为什么把勺子伸进别人的碗里？"

"你算什么东西？"

朴刑警气得说不出话来。

"我是长期未破案专项组的犯罪心理分析师朴海英警卫。"

"京畿南部的案子，算起来也是我们的管辖范围。"

"所以我们才受这份苦，都怪你们没有抓到犯人。"

京畿厅警察们恼羞成怒，朴刑警努力让他们平静，说道：

"沉寂26年的家伙，现在因为你们说要调查未破案件而受了刺激。受害

CASE 2
京畿南部连环杀人案
一

者就是被你们害死的!"

海英两眼冒火,粗鲁地喊道:

"你真以为什么话都可以说吗?"

海英和朴刑警义愤填膺,差点儿大打出手的瞬间,桂哲阻止了他们,献基趁机拍了现场照片。秀贤正好赶回来,看到眼前的情景勃然大怒:

"你们这是在干什么?没看到这里是案发现场吗?像疯狗似的干什么啊?要破坏现场吗?"

"喂,车秀贤,我们愿意这样吗?上级有令,我们只能奉命行事。"

"上级?你是想通过这个闹得沸沸扬扬的案子升官吧?"

"好久不见,你现在说话真的很难听。"

"好吧,既然你们那么想独吞,那么这个案子就给你们吧,不过你们要小心,不要吃撑了。"

桂哲和海英惊讶不已。他们试图说服秀贤,然而秀贤坚定地命令他们撤退。

"真的就这样结束了吗?刚才那位警察说得没错,那名受害者是因我们而死,所以我们必须要做!"

"所以呢?不要调查?不要抓犯人,乖乖待着别动?杀死受害者的是罪犯,不是我们,我们是要去抓犯人的人。"

"可是现在我们放弃了呀!"

"朴海英,你在这个组里是干什么的?虽然是半吊子犯罪心理分析师,但毕竟也是犯罪心理分析师。我在首尔市中心寻找证据,和证人斗智斗勇的时候,你应该像'阿波罗11号'的阿姆斯特朗那样在月球上看我,证据、证人、

SIGNAL
信号〔上〕

一

案件都像是远处的一个点,你要不夹杂任何感情地去看,而不是像现在这样情绪化,听懂了吗?"

"因为我们,不,因为我死的,要不是那个对讲机……我一定要挽回局面,如果还有机会的话。"

留下几句莫名其妙的话,海英就和秀贤分开了。下班回家的路上,他看到了电子屏幕上的新闻。郑京顺的尸体上盖着白布,视频中浮现出"26年前的噩梦重现""京畿南部连环杀人魔回归"的字幕。有人因为自己的失误而死,海英陷入了自责。他停下车,重新翻看京畿南部连环杀人案的资料。

"第9次,金媛静22岁,公务员;发现场所,旋风洞胡同路;发现时间,11月7日夜9点半。金媛静,夜班8点左右离开洞事务所。"海英思考着挽回的方法,记录着接下来发生的案情,他看了看表。23点20分。呼叫每次都是赶在23点23分。今天一定要呼叫啊,拜托。希望这一切还能够挽回。不,至少能挽救第9名受害者,海英在急切的期待中等着呼叫。

1989年11月7日,材韩反复说他追犯人追进胡同里,胡同尽头是公交车站。警察问他那天为什么突然去玄风站,材韩不能说出对讲机的事,因此无言以对。

"我……去巡逻。"

"我看过了,那天不是你值班啊?这不会是你和犯人串通好的恶作剧吧?"

"什么?我为什么要搞恶作剧?"

"查看一下以前的案子发生时他是否在场。"

CASE 2
京畿南部连环杀人案

一

最后，材韩被关进了拘留所。他竭力否认，可是没有人愿意听。他委屈又愤怒，都是因为该死的对讲机。要不是接通了呼叫，至少不会像现在这样被关起来。他绝望地坐在拘留所的地上打起了盹儿。这时，和警察证一起被没收，放在铁窗外的对讲机发出了信号音。

"李材韩刑警吗？是我，朴海英！"

材韩没有回答。海英又叫了一声。

"在听吗？李材韩刑警！"

材韩被吵醒了，听着呼叫声，他像疯子似的抓住铁窗，冲着外面大喊：

"那个对讲机，那个对讲机！是它干的，是它！都是那个对讲机干的，玄风站有人被害就是因为它！"

看守拘留所的巡警睡得正香，没有人听到材韩的话。

海英平静地发着话：

"又有人死了，因为我，不，是因为我们而死。如果你那里真的是1989年，请你去阻止。也许你不相信，但我这里是2015年。"

"2015年？真是疯了，没有人吗？来听听这一派胡言呀！"

"现在还没有抓到犯人，现在还有一次机会。京畿南部连环杀人案还剩下一名受害者。到时候如果能抓到犯人，就可以改变现在的状况。第9名受害者金媛静，洞事务所职员，1989年11月7日夜9点30分，旋风洞胡同路！我不知道你是否在听我说话，但是求求你，一定要抓住犯人。"

"金媛静，洞事务所职员"，材韩的眼神变得深邃，继而爆发了。

"你真敢说，你疯了吗？媛静为什么要死！"

"我也不知道呼叫是怎么开始的，也不知道因为这次通话，会不会有其

SIGNAL
信 号 ［上］

一

他更糟糕的事情发生，但是……我们可以改变，抓住犯人！我们可以救人的，11月7日夜，旋风洞！"

"你这个兔崽子在哪里？我问你在哪里？回答我！你在哪里！"

材韩愤怒地叫喊，信号断了。

"喂！喂！回答我！"

任凭材韩怎样呼喊，对讲机那头还是静悄悄的。不祥的预感。他看了看贴在拘留所后面的日历，11月6日，夜里12点。马上就到7日了。材韩抓住铁窗拼命摇晃，大声喊道：

"喂……喂！没有人吗？喂！"

没有人来。在空荡荡的拘留所里，材韩意识到自己无计可施，就这样蹲了一夜。不可能的，不可思议的荒唐电话，他努力安慰自己。天蒙蒙亮，巡警上班了，材韩继续摇晃着铁窗恳求：

"喂，拜托了，请让我打个电话！"

警察怒气冲冲地朝材韩走过去。

"要给谁打电话？"

材韩怀着"死马当活马医"的念头，像连珠炮似的说道：

"今天说不定会出现新的受害者，她叫金媛静，是洞事务所职员。"

"你脑子有病吗？这是什么地方，任你胡言乱语？"

"是的！我真的要疯了，请让我打个电话吧，好吗？"

"闭嘴，老实待着。"

时间越来越迫近了。虽然呼叫内容无比荒诞，可是材韩无论如何不能坐

CASE 2

京畿南部连环杀人案

一

视不管。这是全世界最值得他保护的人。万分之一的可能也不行。冷静,不要慌,会有办法的。材韩向拘留所外面张望。幸好警察们出去执勤了,从昨天晚上就只有一名巡警看守。

"你好,请过来一下。"

"又怎么了?"

"肚子好痛,我不知道该怎么办才好。啊,啊啊啊,救命啊。"

材韩心里很急,夸张地冲着看守自己的巡警嚷嚷肚子疼。自从被认定为嫌疑人的崔永信癫痫发作死于警察署,无论巡警还是警察都很紧张。巡警生怕他出什么事儿,于是打开了铁窗的门,材韩立刻把巡警扑倒,毕竟是退役的国家柔道运动员。虽然不应该用这种方式,但是这件事情关乎一个人的生死。

"对不起,我没有时间解释。"

被卡住脖子的巡警晕倒了,材韩带上对讲机和手枪,急忙走出拘留所。已经8点多了。他全速跑到媛静家门口。此时此刻,材韩不再是那个腼腆地站在围墙外面,看着亮灯的窗口发呆的材韩了。他用力敲门。"媛静小姐!"咣咣咣咣。"在吗?"咣咣咣!媛静的姨妈被粗暴的敲门声吓坏了,急忙跑出来。

"媛静小姐……媛静小姐,在家吗?"

材韩气喘吁吁地问道。媛静的姨妈说媛静值夜班,还没回来。材韩目光颤抖,朝着胡同跑去。穿过狭长的胡同,他连两侧毛刺般的小街巷也不放过。

"媛静小姐!媛静小姐!"

他声嘶力竭地呼喊,然而没有人回应。希望她还在工作,希望她没有经

SIGNAL
信号〔上〕

一

过这个胡同,材韩急切地呼唤着媛静的名字。8点45分,"第9名受害者金媛静,洞事务所职员",海英的传话在脑海里回荡。不会的,绝对不会的。他这样想着,努力在胡同里搜索。跑到尽头的丁字路口,他撞上了一个人。咣。竟然是李天久。李天久认出了材韩,但是材韩无暇顾及。

"大叔,有没有一个长头发、白脸蛋、圆眼睛的女人从这里经过?"

李天久没有回答,咽了口唾沫。

"我问你有没有看到!"

面对材韩的催促,李天久迟疑着指了指右边的胡同。材韩朝着李天久手指的方向疯狂地跑去。李天久藏进对面胡同,材韩朝李天久指示的方向奔跑。"啊啊啊!"远处传来女人的惨叫声。材韩变换方向,朝着声音发出的方向跑了过去,以他可能的最快速度。到达中间位置的时候,材韩崩溃了。媛静的包落在了胡同口。

1989年的材韩心急如焚地奔走,寻找媛静。2015年的海英通宵达旦地盯着白板,紧张得心脏都要爆炸了。

第9名金媛静,22岁,公务员;发现场所,旋风洞胡同路;发现时间,11月7日夜9点30分。

直到早晨,内容也没有发生变化。过去没有改变。他很着急。明明发过信号,身在过去的李材韩在做什么呢?

CASE 2
京畿南部连环杀人案
一

秀贤正好赶在这时上班,意味深长地望着站在白板前的海英。

"不是说要挽回吗?一夜没睡吧?挽回什么了?挽回白板了吗?"

海英静静地凝视着没有丝毫变化的白板上面的文字,气呼呼地说道:

"我不会就这样放弃的。"

"谁说要放弃了?"

冰冷的气流弥漫在秀贤和海英之间。桂哲和献基不知道什么时候进来了。秀贤对所有人说道:

"京畿厅的人已经红了眼,支援力量不可小觑。不过证人几乎没有,周围也没有监控,所以初期现场调查恐怕会很困难。过段时间,总会找到犯人的线索。现在和26年前不一样了,侦查技术也很发达。不过,在此之前我们是有利的。让我们撤出协同调查是他们的失误,我们掌握的信息比他们多得多。"

所有的人都目瞪口呆。现场下令撤退的人正是秀贤。

"我的确在案发现场命令人家撤退,但是我没有说过要停止对京畿南部案子的调查。京畿厅拿走的是郑京顺案,我们负责的是京畿南部连环杀人案,我们先抓住犯人就行了。"

桂哲问线索够吗,秀贤说她已经去过国家科学研究所了,然后解释道:

"国家科学研究所的吴允节说,这次的受害者和过去不一样。26年前是先把受害者捆绑起来然后杀害,这次是先杀害,再捆绑。"

听到这个新线索,所有人眼睛一亮。

"不是同一人作案吗?"

SIGNAL

信号 [上]

一

　　海英问道。秀贤说这个还不确定,但是可以确定这个案子的犯人和京畿南部案有关。

　　"绳结呢?京畿南部杀人案的凶犯用特别的绳结捆绑受害者,这个事实虽然对外公开过,但是绳结是什么样子,照片并没有公开。这个案子的犯人准确地使用了26年前犯人用过的绳结。"

　　"对,只要抓到这次的犯人,就能知道京畿南部案的犯人是谁了。"

　　"怪不得前辈一反常态,那么顺从地撤退了。我就知道会是这样,所以带来一些东西。"

　　正在听海英和秀贤说话的献基从包里拿出一个证物信封,里面装着玻璃杯的碎片。

　　"这是我从受害者尸体下面偷出来的,马上开始分析吧。"

　　献基拿着证物出门,桂哲也开口了:

　　"你说周围没有监控,所以很吃力是吧?有东西可以代替。接到报警出动的时候,我看到一个移动的摄像头。那是便利店的送货车。这种车上百分之百安装有行车记录仪。同一便利店附近有3家,那么应该在相似的时间,而且送货地点都在这附近吧?我会不择手段,赶在京畿厅小子们之前找到。朴刑警兔崽子,你死定了。"

　　桂哲出去寻找送货司机。秀贤和海英决定重新回顾当天的事情。秀贤把一张大纸铺在桌子上,画出郑京顺家的内部结构图。

　　"从第一次到她家时开始,慢慢来。"

　　"到达现场的时候,窗户是在里面锁着的,房门锁也没有被破坏。"

　　"没有强行闯入的痕迹,室内也没有争斗过的痕迹。那么很有可能是和

CASE 2
京畿南部连环杀人案
一

郑京顺相识的人。"

"26年来像死老鼠似的活着,重新调查一开始,立刻动手杀人。犯罪动机很可能是杀人灭口。"

"熟人加杀人灭口,怎么想都觉得95路公交车司机最可疑。他和黄敏珠、郑京顺都是认识的,跟案子也有关系。"

海英的声音有些混乱:

"很多专家对京畿南部连环杀人案的犯人进行过犯罪心理分析,我也做过。大家众说纷纭,但在年龄问题上,所有专家的意见都是一致的。没有过正常异性交往经历,20岁出头,最多不过23岁。再说崔永信被逮捕的时候,公交司机正在开车,认为他是犯人太牵强了。"

问题究竟出在哪里呢?秀贤和海英面面相觑,苦恼不已的时候,出去调查送货车的桂哲打来了电话。

"好不容易找到了,再晚一点儿就被京畿厅的家伙抢走了。他们的调查速度快得惊人啊。"

"辛苦了,前辈。"

听说桂哲拿到了行车记录仪,秀贤向海英下达了新的命令。

"你去公交公司了解一下,我去疗养院见一见公交司机。如有收获,立刻联系。"

海英和秀贤出去之后,献基回到办公室,他和桂哲用笔记本电脑连接起行车记录仪,开始取证。

"哦,这里。"

桂哲急忙停止,按了回放键。出现在画面上的人是李天久。

SIGNAL
信号〔上〕

—

"就是我见他那天,李天久,得知我要去找郑京顺,他先下手了。"

献基惊讶地问道:

"李天久?你说他是李天久?笔录上的指纹主人姓名也是李天久。"

"所以,犯人是……公交司机李天久。"

旋风洞公交公司已经被京畿厅调查组查过一遍,但是除了1990年退职的郑京顺的记录之外,其他的事情并没有过多追问。海英调查了所有可能了解26年前95路公交车的人。幸好有位司机现在仍然在驾驶。等了很长时间,海英终于见到了下班回来的司机。公交车外形变了,线路号码也变了,车库却还是原来的车库。年轻的黄敏珠和郑京顺为了维持生计而工作的地方,也是李天久的工作地,尽管当时的活力已经不在,但还保持着原来的样子。司机金师傅开始回忆很久以前的事情。

"啊,想起来了,当时死了一名向导员,公司气氛很不好。"

"关于当时的事情,您听说过什么吗?"

"我嘛,不太清楚,那天我休息了。如果天久大哥在的话,他应该知道。我记得当时他还去了警察署。"

"您认识李天久先生?"

"当然了,我们是同一班公交车的司机。不过那件事发生之后,他就辞职了,出了些不好的事情。"

"不好的事情指的是?"

"他儿子出事了。他说要照顾孩子,领了退职金就走了。从那之后就再也没来过。"

他们的交谈刚刚开始,桂哲打来了电话:

"世勋疗养院,快来。"

"你说什么?"

"李天久是犯人。"

"不可能,犯罪心理分析结果不符。"

"别说什么犯罪心理,证据都拿到了,快点儿出发吧。"

桂哲也给秀贤打了电话,说指纹和监控全部一致。秀贤说自己马上过去,让桂哲拖住李天久。

海英接受不了这个事实,满脸疑惑。他好像突然想到了什么,继续向司机询问当时李天久的情况。

"李天久先生的儿子出事时是几岁?"

"刚刚高中毕业,应该是20岁左右。"

"20岁?"

"老婆年纪轻轻就死了,天久大哥一个人把孩子养大,非常疼爱。他觉得把孩子放在家里容易被人盯上,所以每天都让孩子跟着坐公交车,真的是煞费苦心。也许是小时候留下了美好的回忆,孩子长大后也经常从始发站坐到终点站,我也载过他几次。孩子身体不好,没有找工作,整天待在家里,也挺可怜的。"

"原来他经常乘坐95路公交车啊。"

听公交司机说完李天久的事,海英在车上想起调查之初秀贤看着GeoPros提出的疑惑。

"受害者年龄、职业各不相同,居住地也不同,但是有个共同点,他们

SIGNAL
信号［上］

一

都是在乘坐公交车回家途中遇害的……把9次案件受害者被发现的场所放入GeoPros程序，和目前的一条公交线路完全一致。1508路……当时是95路。"

"如果李天久不是犯人，如果李天久说谎，如果李天久有不得不说谎的理由……"

海英似乎发现了线索，加快了车速。

接到桂哲的电话，秀贤到达疗养院，寻找患者李天久的病房。李天久并不是患者，而是监护人。609号，李天久照顾的患者病房。秀贤本能地感觉到犯人就在病房里，于是掏出手枪，慢慢地走进病房。

咔嗒，小心翼翼地打开门，静悄悄的病房出现在眼前，只有台灯亮着。秀贤缓慢而慎重，一步步走到床边。床上写着"患者李振亨，监护人李天久"，脸色苍白的中年男人躺在上面。

95路公交车停在公交站，门一开，李天久的儿子李振亨急忙上了车。

"快出发。"

李振亨神经质地对李天久说道。材韩和崔永信在车窗外搏斗。深夜的公交车里只有戴着耳机听音乐的媛静和女乘务员黄敏珠。黄敏珠被窗外的打斗吓坏了，问李振亨外面发生了什么事。他若无其事地说没什么。媛静听着音乐，不知道外面发生了什么。她瞥了李振亨一眼，又垂下头去。那天媛静和往常一样，在终点站下车，向李天久道谢。连续几年乘坐同一条线路，媛静每次都会彬彬有礼地向司机点头道谢，说声辛苦了。李天久也经常称赞公务员小姐有礼貌。媛静远远地消失了，结束一天辛苦工作的黄敏珠急忙去换衣

CASE 2
京畿南部连环杀人案
一

服。李天久等了李振亨一会儿,让他和自己一起回家。

"我累了,爸爸,我先走了,我在家里等你。"

说完,他把父亲的话抛在脑后,自己先回家了。那天在梧城洞大成超市门前,黄敏珠被人杀害。李振亨先走了。李天久收拾一番,结束报告已下班的时候,在胡同里感觉到异常的动静。他走过去一看,手脚被绑的黄敏珠的尸体躺在超市门前。黑暗中,他远远地看见了儿子李振亨的背影。

李天久心疼儿子没有工作,每天郁郁寡欢。他做梦也没想到儿子会杀人。只要是为了儿子,什么事情都可以做。这句话像口头禅一样挂在李天久的嘴边,他决定把所有的事情通通掩埋。他不能眼看着可怜的儿子坐牢。第二天去警察署接受调查的时候,他也谎称没有人上公交车。车上的黄敏珠已经死了,只要洞事务所的女孩保持沉默,儿子的罪行就会被埋没。他并不希望女孩死,可是他必须保护儿子李振亨。他要保护到底。所以在丁字路口碰上材韩的时候,他指示了相反的方向。

海英的犯罪心理分析是对的。李天久并不是犯人。海英一边快速开车去疗养院,一边给秀贤打电话。秀贤拿着手枪,低头看着李振亨,静静地接起了电话。

"不是李天久,为了灭口而杀死郑京顺的人应该是李天久,但是京畿南部连环杀人案的真正凶犯另有其人。"

"这话是什么意思……"

正在通话的秀贤转头去看睡梦中的李振亨。就在这时,李振亨睁开眼睛,

SIGNAL
信号〔上〕

一

注视着秀贤,然后迅速从背后勒住秀贤的脖子,压制住她。面对突如其来的攻击,秀贤的手枪和手机都掉到了地上。滚落在地的手机里继续传出海英的声音:

"车秀贤刑警!车刑警!你在听我说话吗?车刑警!"

李振亨更加用力地勒紧秀贤的脖子。行动不便的患者李振亨消失了,他像找到猎物的恶魔,脸上泛着狂气。秀贤的脖子被越勒越紧,喘不过气来。她试图摆脱李振亨的双手,可是力不从心。刹那间,旁边桌子上的台灯进入秀贤的视野。秀贤伸手握住台灯,朝着李振亨砸了下去。

不一会儿,病房的门被粗暴地打开,手里拿枪的桂哲和海英出现了。

"怎么回事?李天久呢?那小子是谁?"

桂哲一头雾水,海英向他解释道:

"就是那个家伙,京畿南部连环杀人案的真凶不是李天久,而是那个家伙。"

李振亨头破血流,痛苦不堪,却在瞬间变回了可怜的病人,开始求情:

"我不是想杀人啊。我刚睁开眼睛,看到她手里拿着枪,我是吓坏了。不是我!"

同一时间,京畿厅把李天久当成犯人逮捕。

"时隔26年,随着警察的侦查网重新铺开,迫于压力,犯人选择自首,目前被押送到京畿厅,正在接受调查。"

媒体齐刷刷地发布京畿南部连环杀人案犯人被逮捕的新闻报道,到处都

CASE 2

京畿南部连环杀人案

一

以紧急新闻的形式传播26年后才被逮捕的史上罕见的杀人魔的消息。记者们听到消息急忙赶来,京畿厅门前乱作一团。李天久乘坐的车停了下来。

四周传来按动快门的声音和人们的喧哗声。"把我的孩子还给我!""这个疯子!""你还算是个人吗?还给我!"李天久接受着家属们的责骂和记者们的提问,以及鸡蛋的洗礼,低着头慢慢地被带了进去。

献基在办公室里看电视。得知李天久自首的消息,他给秀贤打了电话。没有拘捕令,也没有证据,所以明明知道李振亨是犯人,秀贤也只能离开疗养院,去找安治守。

"李天久不是犯人。当然,郑京顺是他杀的。他知道自己会被逮捕,所以想把儿子的罪都揽到自己头上。"

"他儿子呢?承认自己杀人了吗?"

"没有。"

"有其他证据吗?"

"没有确凿证据。"

"你也是警察,应该很清楚,像这种受到媒体关注的案子,警察承认错抓犯人并不是一件容易的事,让人感觉警察被嫌疑犯耍弄了。如果没有足以推翻李天久口供的证据,谁也不会相信你的话,也不愿意相信,下次来的时候记得带上证据。"

秀贤把这个消息告诉组员,桂哲、海英、献基都瘫坐在地,感到无比郁闷。真凶已经找到了,却不能逮捕。没有办法了吗?海英苦苦思索,他看了看表,23点已过。海英拿着对讲机去了停车场。23点23分。等待的信号终于来了。

SIGNAL

信 号 [上]

一

"刑警！李材韩刑警，您在吗？是我，朴海英，您在听我说话吗，刑警？"

材韩茫然地盯着对讲机的显示屏，慢慢地拿起了电话。

"是的，我在听。"

"最后的受害者呢？怎么样了？金媛静，洞事务所职员，她还活着吗？"

金媛静，媛静小姐，材韩强忍住哭泣，问海英：

"犯人……抓到了吗？你不是说那边是2015年吗？抓到犯人了吗？"

材韩的声音和平时截然不同，听起来格外沉重。海英产生了不祥的预感。

"刑警，发生什么事了？出事了……是吧？"

"我问你犯人抓到没有，犯人抓到了吗？公交车司机李天久？是这个人吗？就是他，没错！"

材韩的呼吸越来越急促，他粗鲁地追问。海英说不是他。材韩绝望地咆哮起来：

"不是他还能是谁？我去杀死他，你回答我！"

"刑警，您为什么……为什么这么气愤？"

材韩强忍想哭的冲动，回想起胡同里的情景。好不容易离开拘留所，来到媛静家门前，媛静还没回家。他四处寻找，在胡同里遇到李天久，顺着李天久指示的方向跑去。相反方向传来的尖叫声和掉落在路尽头的包，他就在这条胡同里永远地失去了这个人，温暖的气息渐渐消失，她渐渐变得冰冷。眼睁睁看着自己想要守护一生的人消失，那种撕心裂肺的痛，一切都清晰地浮现在眼前。

葬礼照片里的她依然在明媚地微笑，仿佛马上就会从洞事务所走出来，对他说一声"李巡警"。她的姨妈独自守在殡仪所里痛哭。材韩站在后面,目送媛静离开。谁都无法了解的悲伤,材韩仿佛被人夺去了忘记悲伤的能力,连续几个月,直到和海英通话的时候,仍然未能回过神来。

"你应该只是见过照片,几张照片加上受害者姓名、职业、发现场所、时间,这就是你知道的全部,而我不同。几天前她还好好活着,安慰我,冲我笑,她很善良,很努力地生活。我要杀死那个疯子,要用同样的方式杀死他,我要亲手……杀死他!"

很遗憾,过去没有改变。第9名受害者出现了,而这名受害者是材韩珍爱的人。其实,所有的受害者都是某个人的心爱之人。材韩的哭声令海英痛心。京畿南部连环杀人案受害者的家属们的痛苦,通过哭声传递给他。无论如何,无论使用什么方法,一定要抓到犯人。海英对材韩喊道:

"不可以,刑警,那么你也会变得和犯人一样,成为杀人犯。您在听我说话吗?还有机会!公交车女乘务员郑京顺认识犯人,您要调查这个女人,刑警!李材韩刑警!"

信号已经断了。

第二天,专项组成员开会,讨论对策,寻找证据。海英认为应该调查郑京顺。如果不是和材韩通过话,他差点儿忘了这茬儿。

"郑京顺在威胁李天久,虽然不知道威胁的是什么,但肯定是能够证明李振亨杀人的东西。如果找到这件东西,就能查清真凶了。"

桂哲回答说:

SIGNAL
信号〔上〕

一

"如果有这种东西,京畿厅应该已经发现了。不管是案发现场,还是李天久的物品,他们早就翻了个遍。"

"对,李天久在杀害郑京顺之后也把她家翻了个底朝天,但是没能找到,所以那件东西根本不在郑京顺家里,而是在其他地方。"

"会是哪里呢?"

"这正是我们现在要调查的。京畿南部杀人案的公诉时效是2004年,在此之前可以用这件东西威胁李天久,找他要钱,所以一定会妥善保管,之后应该随便放在某个地方了。现在公诉时效解除了。看到新闻得知这件东西又能成为摇钱树,郑京顺最先要做的会是什么?"

"应该是去确认那件东西还在不在。"

秀贤一直在听桂哲和海英的对话,这时插嘴说道。桂哲气呼呼地回敬了一句:

"你不会相信了他的话吧?"

"京畿南部案子的公诉期取消的时间是10月1日。查看郑京顺当天的行踪,可以找到证明李振亨是真凶的证物。"

秀贤斩钉截铁地说道。桂哲几乎用哀求的语气说道:

"警察局长说他会亲自公布这次的侦查结果,这种案子,我们为什么要再次推翻?系长也反对,我们一定要这样吗?我们老老实实地生活,好吗?"

秀贤对桂哲的牢骚置若罔闻,下达了命令:

"我和朴海英再去郑京顺家看看,前辈和郑献基调查郑京顺的信用卡记录、手机通话记录和个人信息。"

CASE 2

京畿南部连环杀人案

一

"啊,不要调查!我说不要!"

桂哲坚决阻止秀贤,还是无济于事。非要把事情闹大,这让桂哲感到郁闷,不过他也理解。警察都是这样,为了查出自己负责的案子的真凶,不惜采取各种手段和方法。尽管桂哲因为收受贿赂被降一级,但他毕竟也是警察。

海英和秀贤去了郑京顺的家,桂哲和献基四处打电话,以10月1日为重点,搜集郑京顺留下的交易明细和记录。没有任何线索。信用卡透支,手机通话记录也干干净净。

海英和秀贤到达郑京顺的家。现场侦查结束的痕迹还保留在那里。看着乱糟糟的室内,海英说郑京顺是那种和整洁有序相距甚远的懒惰性格,绝对不会藏得很细致。秀贤让他少废话,先找找再说,同时开始四处乱翻。

"每次搜查都是这样吗?"

"嗯,没时间的时候通常都是这样的。"

书架上的书哗啦啦推到地上,衣柜里的衣服也扔到外面。海英看不下去了,提醒秀贤:

"10月1日,天气已经凉了,应该以厚衣服为主,这样比较快。女人不管有多少衣服,都会有那么几件常穿的吧。找找有没有袖子破了,或者带香水味的衣服……"

翻到一件旧外套的口袋时,海英停了下来。他在口袋里摸到一张薄薄的纸,那是高速巴士的车票。目的地是善阳市。日期是10月1日。找到了!海英笑着说道:

"我说了,她是那种和整洁有序相距甚远的懒惰性格。"

SIGNAL
信 号 ［上］

一

秀贤和海英从郑京顺家出来，出发去往善阳市，路上给桂哲打电话，让他打听一下善阳市有没有和郑京顺的连接点。果然不出所料，郑京顺的表姐住在善阳市。从签转记录来看，2002到2004年两个人住在一起。

海英和秀贤急忙赶到位于善阳市的郑京顺表姐家，听到的消息是前不久郑京顺来过一次，连声招呼都不打，直接去了仓库。海英赶忙翻找仓库。农具中间放着一个大大的旧行李箱，是郑京顺的。打开行李箱仔细翻找，海英从最下面的角落里发现了一个黑色的塑料袋。那里装着郑京顺的心肝宝贝，李天久苦苦寻找的证据。秀贤和海英拿着塑料袋，返回首尔。秀贤把检验证物DNA的任务交给献基，海英去世勋疗养院，检查李振亨的身体各部位。果然，肩膀处有烧伤的痕迹。

DNA检测结果出来的时候，京畿厅也将完成对京畿南部连环杀人案的调查结果报告。京畿厅来了很多记者，都在等待报道。这是引起国民强烈关注的未破案的调查结果，所以侦查局长金范周准备亲自举行新闻发布会。朴刑警郑重地把新闻发布会的资料交给金范周。

"调查结果确定没问题吧？"

"犯罪场所、犯罪手法都和李天久的口供一致，李天久是这个案子的凶犯，千真万确。"

"辛苦了。"

金范周脸上露出心满意足的微笑，走进记者招待会现场。他平静地走上台，望着记者，开始新闻发布会。

CASE 2
京畿南部连环杀人案

"现在,开始报告京畿南部连环杀人案的调查结果。10月22日发生的京畿地区郑某被杀案,作案手法与26年前京畿南部连环杀人案相似,调查组通过周围视频监控和指纹、血迹等证据,发现了重大嫌疑人。"

正在这时,只听咣啷一声,记者见面会场的前门开了,秀贤气喘吁吁地走进来。记者和金范周的视线都集中到秀贤身上。秀贤置之不理,径直朝金范周走过去,把证据和DNA检验结果报告书放在台上。金范周停下来去看文件,脸色越来越僵硬。记者们喧哗起来,要求继续公开调查结果。金范周回过神来,接着说道:

"在调查郑某被杀案的过程中,警方成功查出了26年前京畿南部连环杀人案的真凶。调查结果由负责本案调查的首尔地方厅长期未破案专项组车秀贤警卫向大家报告。"

秀贤和金范周彼此交换眼神,然后换了位置。

"自首的李天久是犯人吗?""发现证据了吗?"面对接踵而来的提问,秀贤做了一下深呼吸,然后走上台。

"专项组在调查10月22日发生的郑某被杀案的过程中,发现了确定京畿南部连环杀人案真凶的决定性证据。已故郑某保存的证物中同时检测出京畿南部连环杀人案最后受害者金某的指纹、血迹和犯人的DNA。因为这件证物被逮捕的犯人,就是26年前因脊髓受伤而下半身瘫痪,如今住在疗养院里的李振亨,也就是李天久的儿子。"

嗒嗒嗒嗒!

记者们敲打键盘的声音混合着闪光灯的声音,接着又是记者们连珠炮似

SIGNAL
信号［上］

一

的提问。

大张旗鼓的调查结果报告会结束了，海英去京畿厅调查室找到李天久。他似乎听说了儿子的消息，四肢都在瑟瑟发抖。

"1989年，在警察署接受调查，是从那时开始的吧？"

李天久吓了一跳，连忙说道：

"我儿子不是这样的！他不是那样的人。我可怜的孩子，没有妈妈，孤孤单单地长大……不会的。"

朴海英用轻蔑的眼神看着李天久。

"真是太极端了。"

海英从包里拿出受害者照片，递到李天久面前。

"第一名受害者，大学生崔恩英；第二名，两个孩子的妈妈朴顺姬；第三名，即将结婚的上班族金允珠；第四名，第二天就过生日的金末顺。你看着我！并不是只你一个人有疼爱的家人，你对这些人真的没有任何感情吗？难道不应该感到内疚吗？"

"你什么都不知道，不要乱说！这些年我们已经足够痛苦，已经付出了代价。如果不是这个讨厌的案子又被翻出来，人们早就把这事忘掉了，为什么！为什么要翻出来，为什么！"

1989年晚秋的某个早晨，完成使命的叶子落下来，堆积在街头。李天久正在小小的庭院里清扫。咣，材韩打开铁门闯了进来。面对李材韩突如其来

CASE 2
京畿南部连环杀人案
一

的造访，李天久惊讶地停下手里的活儿。材韩死死地瞪着他，慢慢走近，抓住他的衣领，随后掏出手枪对准李天久。材韩已经失去理性，恼羞成怒了。这时，身后的门开了。身穿黑色T恤，戴着帽子，在玄风洞铁道旁见过的李振亨出现了。直觉告诉材韩：

"就是这个家伙，这个家伙才是真正的凶手！"

气昏了头的材韩把枪口转向李振亨，朝他走去。这时，李天久推开材韩，打开大门让儿子逃跑。材韩疯狂地追赶，这次绝对不能让他逃掉。穿过小巷，经过公路，李振亨走进了死胡同。他爬到建筑物的施工现场。随后赶来的材韩抓住正在爬楼梯的李振亨的腿，拉了下来。

"我要杀死你，就像你对媛静小姐做的那样。不，我要更残忍，用我的手了结你。"

材韩抓住李振亨的衣领，枪口重新瞄准他，摆出马上就要开枪的架势。李振亨剧烈反抗，材韩的枪掉在了地上。材韩气愤难忍，毫不留情地大打出手。即便如此，他的愤怒还是没能平息。如果这样能让媛静小姐活过来，他可以一直打下去。

"为什么，你这个疯子！为什么！到底是为什么！"

嘭！材韩咆哮着挥出拳头，使他停下来的是李天久的方木。突如其来的打击让材韩暂时放开李振亨，头破血流地质问李天久：

"原来如此……就因为是你儿子，所以你说谎了？你说没有人上车？"

"不是我儿子干的，当时没有人上车。"

"如果当时你如实做证，她就不会死，她现在还活着！"

SIGNAL
信号［上］

一

"当时车上没有别人，只剩下我自己了。哪怕你把刀架在我脖子上，我也会说，不是我儿子干的。"

"把刀架在脖子上也不肯的话……那就没办法了。没有证人，也没有证据，只能我亲手了断。"

材韩迅速抓起掉在地上的手枪，朝李振亨走去。李振亨不断后退。为了躲避步步逼近的材韩，他拼命地贴紧栏杆，终于失去平衡，往栏杆下面倒去。材韩大吃一惊，本能地抓住李振亨的手。望着不由自主地伸手救人的材韩，李振亨的脸上浮现出淡淡的微笑，好像在说"你不可能杀死我"。看着李振亨的神情，材韩惊愕不已。他是恶魔，不能让他再活下去了。材韩缓缓地松开了手，李振亨惨叫着坠落下去。

那天材韩去医院找到李天久。他说自己会去自首，劝李天久也让儿子自首。李天久始终不为所动。他说自己已经承认李振亨是脚下踩空了，拜托材韩不要出现在他们父子面前，因为儿子没有妈妈，他不能让儿子变得更加悲惨。材韩感觉很无力。有人死了，某个人的心爱之人莫名其妙地去了另一个世界，然而凶手的父亲却不顾一切地保护自己的儿子。

2015年的李天久想起昔日的李材韩，依旧是茫然不知所措。

"如果当时你的儿子死于李材韩之手，你能忘掉吗？你能像什么事情也没发生，说说笑笑，吃饭睡觉，幸福地生活吗？"

李天久无言以对。

"他们不是死在亲爱的家人怀抱里，而是躺在冰冷的地面吓得瑟瑟发抖，

CASE 2
京畿南部连环杀人案
一

然后死去。有人至少是不该忘掉的。郑京顺……也是一样。虽然她被金钱冲昏头脑威胁别人,但是罪不至死。她的死,我也会记住的。"

海英怔怔地看了看李天久,走出调查室。所有的事情都结束了,但他的心情却很沉重。他站在窗前,思绪联翩。这时,秀贤走了过来。

"大家都说要去喝酒。"

"算了吧。"

"那就找点儿别的。"

什么意思呢?海英望着秀贤。

"喝酒也好,去格斗场狠狠打一通也好,总要干点儿什么。"

海英还是不理解。

"第一次见到死人吧?不管遇到多少杀人案,都不会适应。不是因为第一次。以后见到死人也还是会很痛苦,还是去干点儿什么吧,找到克服的方法。"

海英看了看秀贤,朝她走去。秀贤惊讶地后退,海英靠近一步,把手放在秀贤的脖子上。

"你这是干什么?"

"女人的脖子怎么可以是这样呢?"

那是逮捕李振亨时留下的伤口。

"车刑警也不要喝酒了,还是先去医院看看吧。"

说完这句话,海英转身走出过道。不一会儿,他又停下来,对秀贤说道:

"还有……这不是第一次,看到死人。"

SIGNAL
信号［上］

一

海英神情悲痛地消失在不远处，秀贤久久地注视着他的背影。

几天后，海英去了媛静生前的家。媛静的姨妈还住在灵山市。

朴素整洁的房子里挂着媛静的照片，稚气而端庄。照片上的媛静明朗地笑着。海英心痛地回忆起对讲机那头材韩说过的话：

"你应该只是见过照片，几张照片加上受害者姓名、职业、发现场所、时间，这就是你知道的全部，而我不同。"

材韩的声音仿佛就在耳边。

"几天前她还好好活着，安慰我，冲我笑，她很善良，很努力地生活。"

媛静的姨妈端来了茶水。海英和姨妈隔着茶杯相对而坐，望着照片上的媛静，像是在和她打招呼。

"现在我也可以闭上眼睛了。那么年轻，还没结婚就死了。不过，是真的吗？我看报纸，说是用我们媛静的东西抓到了犯人。"

"是的，是这样的。多亏了您外甥女，要不然还抓不到犯人。"

"不是因为我们媛静，而是因为李巡警。"

"李巡警？"

她淡淡地笑了笑，说道：

"媛静喜欢的人。收到电击棒那天，她说这是自己第一次收到礼物，高兴得像个孩子。我还嘲笑她，不是戒指，也不是项链，竟然是电击棒。"

"那个……李巡警，名字是叫李材韩吗？"

海英平静地问道。

CASE 2
京畿南部连环杀人案
一

"对,李材韩巡警,是他。"

媛静的姨妈点了点头。为了更多地了解材韩而找到媛静的家,现在海英再次体会到了材韩的悲痛。因为李天久对子女扭曲的爱而失去心上人的男人,材韩。

媛静的姨妈讲了她在媛静葬礼结束之后,去材韩家的情景。

当时材韩正在写辞职书。刚去医院见过李天久父子,材韩什么都做不了。没有证据,不能抓人,也不能再对他们开枪。这是成为警察之后第一次对这个职业产生愧疚之心,于是回家就开始静静地写辞职书。

媛静的姨妈把一个信封放在辞职书旁。材韩抬起头,惊讶地看着她。她眼角红了。

"媛静,一直很苦恼,万一李巡警不喜欢怎么办……"

材韩慢慢地拿出信封里面的东西,那是两张血迹斑斑的电影票。材韩的心猛地沉了下去。几天前媛静叫住了他,"李巡警",手伸进口袋,迟疑着像是要拿什么东西,最后却只说了句"加油",就转身走了。

"媛静,她很喜欢你。她说你虽然不爱说话,看上去冷冰冰的,但是在任何人面前都不屈服,总是做正确的事情。她说,她最喜欢你这点。"

媛静姨妈走了。材韩手握电影票,一动不动地坐到天黑。没能守护到底,愧疚让他拼命捶打自己痛苦的心窝,除此之外,什么都做不了。朝思暮想的人。就在这时,对讲机响了。如果对讲机是媛静打来的该有多好。扔到桌子下面的对讲机里传来海英的声音:

SIGNAL

信　号 ［上］

一

"李材韩刑警，您在听吗？"

那天的月光格外皎洁。2015年的海英来到楼顶接收信号——来自1989年的材韩。

"刑警先生……京畿南部连环杀人案的犯人抓到了。"

直到这时，静静地盯着无线电的材韩终于把电话拿起来。

"怎么……怎么抓到的？找到证据了吗？是什么？在哪里找到的？"

材韩红着眼眶，按了发送键。

"当时……不行。"

又是一阵寂静。

当时，郑京顺目睹了材韩跑进警察署质问李天久的场面。材韩急切地问李天久，那一站真的没有人上车吗。李天久低着头，不肯说出儿子李振亨。坐在旁边接受调查的郑京顺觉得事有蹊跷。几天后，她竟然在胡同里目睹了案发现场。李天久的儿子李振亨杀死了媛静。被李天久勒住脖子的媛静在没有人迹的漆黑胡同里拼命挣扎。她从包里拿出电击棒反抗，可是无法战胜已经发疯的杀人魔。李振亨拖着死去的媛静消失之后，郑京顺来到犯罪现场，收起了电击棒。她做梦也想不到这个电击棒将如何改变自己的命运。如果那天郑京顺径直走过去呢？如果警察发现电击棒呢？会不会抓到李振亨？留到2015年的证物，成为终结这个恼人案件的钥匙。不过在1989年，即使发现电击棒，肯定也无法成为充分证据。

"即使您发现了，用当时的科学检测技术也无法抓到犯人，不过……这次抓到犯人，也是您的功劳，是您留下的证物。不论现在技术多么发达，如

CASE 2
京畿南部连环杀人案
一

果没有证据,也还是让犯人逍遥法外。是您抓到了犯人。"

材韩默默地注视着对讲机。

"虽然晚了,但总算抓到了犯人,刑警先生,谢谢您。"

李振亨受到了惩罚。通话结束,材韩撕碎了辞职书。

几天后,材韩去了电影院。媛静买下的两个座位,密密麻麻的人群中有两个空座。材韩独自坐着看电影。泪水总是盈满眼眶,怎么擦都停不下来。看着喜剧电影,材韩却泪流不止。人们的笑声中仿佛飘浮着媛静的微笑。如果和媛静一起来,那该有多好啊。旁边的空座令人感伤。直到电影结束,材韩的眼泪也没有停止。

2015年的人们也同样在流泪。虽然李振亨被关进监狱,但是受害者家属心里的伤痛并未抹平。钟表店里,秀贤和材韩的父亲通过电视看到李振亨被逮捕,押送到京畿厅,心里想念着材韩,一起流下了眼泪。

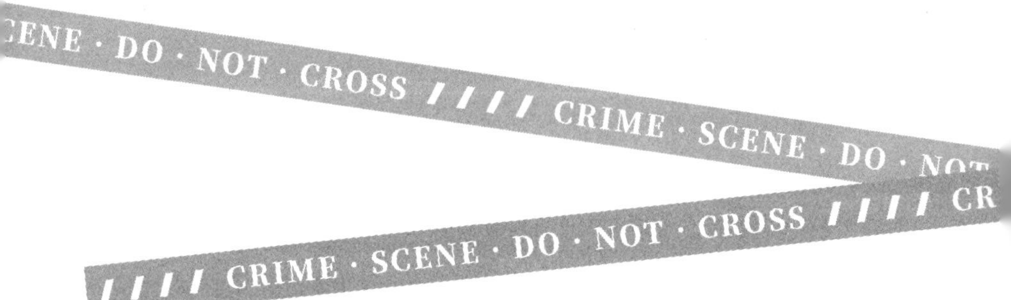
CENE · DO · NOT · CROSS //// CRIME · SCENE · DO · NOT
//// CRIME · SCENE · DO · NOT · CROSS //// CR

CASE 3

大 盜 案

📍 首尔市

1 9 9 5 年 9 月 1 0 日

警卫先生,我们,错了。

不,是我……我错了。

一切都是因为我,一切都毁了。

这个通话……本就不该开始。

CASE 3
大 盗 案
一

他说，世界是不公平的。他说，一副手铐背负的眼泪是2.5升。他说把不公平的世界变得适合生存，这是我们的职责。可是说这话的人却失踪了。他说结束任务就谈我们之间的事情，却15年没有消息。秋天又来了，他仍然杳无音信，到底去哪里了？

1995年9月1日，是她成为警察后第一次到刑警机动队上班的日子。天气真好。阳光如盛夏般温暖，天空中吹过丝丝凉风，很是清爽。新的人生似乎就要开始了。父亲早早去世，她要成为有力量的人，保护妈妈和年幼的妹妹。通过警察考试，来到刑警机动队上班，或许是理所当然的事情。现在开始了。

在这里工作，一旦有案情，就很难回家，所以她睡足了觉。皮鞋擦得锃亮，挂着"巡警车秀贤"名签的制服也穿得端端正正。充满期待地走进刑警机动队的办公室，一切都如她所料。虎背熊腰、凶神恶煞般的男人们比比皆是。

"巡警车秀贤接到1995年9月1日来首尔厅刑警机动队工作的命令，特来报到！"

包括班长在内，刑警机动队的刑警们甚至没有注意到有人进来，乱糟糟地分散在办公室的各个角落。直到她在班长面前立正报到，刑警们才把视线转向她。女人为什么要来这里？瞬间的寂静过后，看着秀贤发呆的班长先回过神来，拍着手说：

"很好，来得正好。虽然我不知道你为什么要来这里，不过我们都不是那么可怕的人，你放松些，好好工作。"

"是！"

刑警们这才意识到真的有女巡警加入了刑警机动队，他们终于回过神来，

SIGNAL
信 号〔上〕

一

开始鼓掌。欢呼声过后,班长接着说道:

"有问题随时问。"

"现在可以吗?"

"当然当然,问吧。"

"听说经常值夜班,请问女值班室在哪里?"

秀贤的背包里装满了值班需要的用品。首先要整理好这些,才能开始工作。秀贤眼珠滴溜溜地转,等待有人带自己去值班室。警察们却眨着眼睛,面面相觑。

"我们有值班室吗?"

"值班室不就是值班室吗,还有女值班室?"

大家都惊慌失措的时候,班长叫来正济和其他几名警察,让他们把值班室打扫出来。

"车秀贤巡警,请稍等一下,前辈们马上带你过去。"

"是,谢谢。"

秀贤不得不把行李箱放在旁边,坐到桌子前。她用抹布擦干净桌子,把与工作有关的书籍、手册、圆珠笔、便笺等文具收拾得整整齐齐。刑警们怔怔地注视着这样的场面。真的有女人来到我们刑警机动队了。所有人都是同样的想法。

秀贤认真整理办公桌的时候,正济和几名同事匆忙去了值班室。开门了,臭烘烘的气味扑面而来。铁质储物柜上贴着印有比基尼女人像的日历,外面随意乱放的晾衣钩上面挂着内裤和背心。烟灰缸里盛着烟灰和各种杂物,熟

CASE 3
大 盗 案
一

悉的值班室风景令警察们哑然失色。他们飞快地抹去了痕迹。只有一件,厚厚的被子里的东西纹丝不动,不能清理。

"材韩,起来。"

"干什么?"

"啊,快起来吧,这个房间要腾出来。"

只穿内裤躺在被窝里的材韩从睡梦中醒来,不耐烦地探出头来。到底为什么,是什么事情要把自己吵醒?听完事情的来由,材韩踢开被子,愤怒地说道:

"谁说要腾出来的?不行!"

"这是班长的命令,赶紧穿上衣服出来。"

"这像话吗?潜伏了好几天,好不容易睡会儿,让我腾房间?谁这么任性?啊,我不走。"

材韩怎么想都觉得委屈,不肯穿衣服,头上顶着马蜂窝,眼角都是眼屎,裹着被子,穿着拖鞋跑进了办公室。他破门而入,不分青红皂白地来到班长面前,大发雷霆。

"这里是浴池吗,还分男女?把这里腾出来,我们怎么办,出去露宿街头吗?"

"三层仓库,改造成值班室,在这之前先忍一忍吧。"

材韩潜伏了一夜,此刻疲惫不堪。班长了解他的苦衷,哄着他说。虽然年纪大了些,但是长期以来他一直在现场安抚着后辈们,带领团队走到今天。

"仓库!仓库!因为她一个人,我们都要在仓库里睡觉,这是为什么?"

信 号 [上]

材韩很是气愤,正济劝阻他说:

"这是我们队里的第一名女巡警,刑警机动队的吉祥物。"

"还什么吉祥物,我真想……去哪儿了,吉祥物?"

秀贤对此刻发生的骚动全然不知,去值班室放下了行李。大行李箱里装着妈妈为她准备的粉红色寝具。秀贤从小就坚强,妈妈说粉红色能带来好运,所以把她的房间和所有用品都装扮成粉红色。秀贤拍了拍像棉花糖一样柔软的粉红色枕头,收拾整齐,环顾值班室。今后我就要住在这里了。感觉不错。我要成为一名好警察。看到从窗户照进来的阳光,她下定决心。这时,正济和材韩闯了进来。两个人大吃一惊。他们习惯了男人世界,看到在短时间内变成粉红色的绚丽值班室,感到惊慌失措。

"有点儿过了。"

正济说道,材韩也随声附和。他们觉得应该有人说一说。可是面对什么也不懂的后辈,还是女后辈,他们又不好意思直说。他们都催促对方说话,最后通过"剪刀石头布"决定由材韩来说。

"车秀贤巡警,对吗?"

"是的!"

"我是前辈李材韩,你知道你现在穿的衣服意味着什么吗?"

"什么?"

"从穿上这套衣服的瞬间开始,就没有什么男人女人之分了。难道抓犯人的时候也要区分男人女人吗?"

不知所措的秀贤犹豫不决,没能立刻作答。难道这是什么大错吗?这时,材韩的拳头举到秀贤面前。

"你要是再敢因为自己是女人而给别人添麻烦,那就死定了!"

从那天起,"刑警机动队吉祥物"秀贤就开始了艰难的适应过程。值班室还可以继续使用,不过真正成为警察的道路并不容易。从手动车的驾驶到对待犯人的方式,需要学习的东西太多太多了。

即便如此,秀贤依然不知疲倦。警察前辈们表面看起来很粗鲁,其实都是很好的人。尤其是材韩特别热心。表面上经常发牢骚,其实很有正义感。他总是站在受害人的立场上想问题,不论有钱没钱,不论地位高低。犯罪的人就要受到惩罚,不能让受害者委屈,这是前辈的想法。材韩这种不会表达、冷冰冰的性格,在秀贤看来反而更有魅力。

回忆起当初的情景,秀贤至今依然无法接受他不在的事实。辛苦却很幸福的时光。现在,他不在了。他不是那种放弃自己要守护的东西而突然失踪的人。现在,秀贤已经熟悉了一切,然而她比从前更痛苦,更难过。只要听说有尸体,她就跑到国家科学研究所特殊验尸室,不过到现在还没有发现。有时她会心生希望,或许他在某个地方活着,同时又感到恐惧,会不会就这样结束,什么痕迹都找不到。

今天秀贤又去了特殊验尸室。法医吴允书像是早就料到了。

"车刑警,是为这位来的吗?"

"是男人吗?"

"性别,男,身高185厘米,从牙齿发育状态来看,死亡年龄是30出头。"

SIGNAL
信号［上］

身材和材韩很相似。秀贤紧张地问：

"发现场所？"

"13号国道附近的小山上。"

"13号国道，确定吗？"

秀贤提高了声音。吴允书拍了拍她的肩膀，冷静地说道：

"不过肩膀很光滑，右侧肩膀没有钢针。"

秀贤的神情里掺杂着失望和安心，终于恢复了平静。

"可是刑警，我真的很好奇，你在找谁？车刑警是有名的千年单身女，应该不是恋人，那么是谁呢？"

秀贤没有回答，只说了句辛苦了，就走了出去。什么时候能找到他呢？感觉好茫然。

"每年媛静去世纪念日那天，他都会来媛静的墓地看看。听说他还在继续做警察，我有些担心，不过他看上去很健康，也很开朗。总算谢天谢地。不知从什么时候开始，他没有了消息，也不再来看媛静了，可能时间一长就忘了吧。"

媛静的姨妈不记得材韩失去联系的确切年份，只说有很长时间了。如果是2000年左右，那么李材韩刑警肯定出了大事。望着写有"2001年，免职"的履历书，海英做出了这样的判断。

关于材韩的事，没有人可以问吗？他做了多年警察，应该有同事，说不定可以从他们那里得到线索。正好安治守走了过来。金允贞绑架案发生当时，

CASE 3

大 盗 案

一

安治守在振阳警察署工作，和材韩是同事。肯定会找到一些线索，哪怕很小、很少。海英朝安治守走过去。

"我有件事想问您。"

安治守瞥了海英一眼，径直走了过去。海英跟在他身后问道：

"2000年金允贞绑架案发生的时候，您在振阳署吧？我在找当时和您同在警察署重案组的警察，他叫李材韩。"

突然，安治守停下脚步，目光闪烁。为了不被海英发现，他没有抬头。不过，海英察觉到了他的反常。

"和您同在重案组，对吧？"

安治守缓慢地抬起头，恶狠狠地瞪着海英。

"你为什么要找李材韩？"

"出于我的个人理由。2000年之前在振阳署，2001年被免职，为什么被免职？"

静静听着的安治守反问道：

"警察被免职的原因，你知道吗？"

"智能低下，判断不足，缺乏责任感，人格障碍等精神障碍，债务过多等道德缺陷。"

"除此之外还有一点，那就是无法执行任务。"

"哪种……"

"失踪。"

安治守脸色阴沉，斩钉截铁地说道。

SIGNAL

信 号［上］

一

"失踪？李材韩刑警吗？究竟是为什么，怎么失踪的？那个案子是重案组谁负责的？调查记录还保留着吗？"

海英很吃惊，接连问了一长串问题。

"那个案子不是重案组负责的，是监察室负责。"

安治守给失魂落魄的海英抛下一句话，转身就走。海英在原地愣了很久，连安治守离开都没有察觉。不可能，怎么会失踪呢？他不是轻易和世界隔绝的人。海英直接去了监察室，申请与李材韩刑警失踪事件相关的资料。他无法理解为什么要由监察室调查他的行迹。

"这是你申请的资料。"

在他思考的时候，资料已经放到面前。海英慢慢地打开题为"振阳署重案组李材韩失踪案调查报告"的文件夹。

2000年8月3日，金允贞绑架案调查途中，不服从上级的出动命令，失踪。

2000年8月10日，李材韩失踪案，由监察室接手。

在逮捕和取证首尔东部地区长期走私组织成员金成范过程中，嫌疑人陈述曾长期向振阳署重案组李材韩送礼金。

在调查过程中发现，因减少或隐瞒对长期走私案等13个案子的调查，共收取2.1亿元现金。

发现听证监察室在调查自己，李材韩潜逃。

本人的汽车丢弃在13号国道边。

CASE 3

大盗案
一

8月3日之后,手机、信用卡未曾使用。

嫌疑人行踪不明。

因时效完结而结束调查。

调查资料充满疑点,最后一页附有材韩的照片和身高、体重等身体特征记录。

"右肩留有插钢针手术的伤疤。"

海英重新回忆起第一次和第二次通话。2000年8月3日,尹秀雅发出最后一封恐吓信那天,对讲机另一端的材韩并没有逃跑,而是在善一精神病医院建筑物后面给海英打电话。他拼命公开凶犯,还说过去是可以改变的,绝对不要放弃。

海英带着疑惑去找调查资料中提到的夜总会社长,但是答案并没有不同。

"李材韩刑警吗?简而言之,就是个为钱疯狂的蠢货。"

他递过一本褪色的小手册,银行汇款证明旁边,密密麻麻地记录着日期和汇款金额。那都是转给李材韩的。资料中间还有装满一捆捆现金的李材韩办公桌抽屉的照片。太奇怪了。决定性的证人、照片、现金、收受贿赂的证据无懈可击,像是设计好的脚本。是的,腐败和失踪都是伪造的。

瞬间,他想起第二次通话时震耳欲聋的声音:

砰!

"李材韩刑警被杀害了。"

是谁,为什么要诬蔑李材韩刑警,还要伪造证据?如果不是警察内部出

SIGNAL
信号［上］

一

现了协助者，这种程度的伪造绝对不可能。那天，海英彻夜未眠。

安治守得知海英在调查材韩，心情变得急切。他先找到侦查局长金范周，向他汇报了这个情况。金范周用他一贯冷漠的目光确认事件的真伪。

"朴海英嗅到了什么？"

"不用担心，关于李材韩的调查资料无懈可击。15年了，谁都没有发现。唯一让我放心不下的是朴海英怎么知道李材韩的。李材韩是2000年失踪的，那时候朴海英是个十几岁的孩子。我仔细调查了他的亲戚关系和交际范围，没有发现他和李材韩有任何交集。"

金范周还是无法安心。他站起身来。

"不管怎么回事，你在旁边好好盯着。李材韩为什么失踪，这点不能让任何人知道。"

"明白。"

从金范周的房间里出来，安治守径直去了振阳警察署。关于李材韩的调查证据都保存在那里。对于怀抱秘密而疲惫不堪的安治守来说，那里还是埋藏着悲伤的地方。那时他还年轻，和同事们竭尽全力抓犯人。轻率的感伤毫无益处，于是他强迫自己甩掉对往昔的怀念，去了证物管理室。

"李材韩刑警的内部调查证物已经废弃了。"

"废弃了？什么时候？"

"没多久，7月27日。"

好的。安治守转身要走，突然想起了什么，又回来了。他联系监控管理室职员，申请查阅当天的资料，用电脑播放U盘里的资料。只有在停车场前

CASE 3

大 盗 案
一

来来往往的车辆。一辆运输废弃物的货车开进来，运走废弃物，无聊的视频继续播放，一个人朝货车这边走过来。那个边走边接电话的人再次出现的时候，手里拿着对讲机。是朴海英。朴海英到底为什么要找李材韩呢？

"首尔地方警察厅警卫车秀贤等三人组成的长期未破案专项组在解决京畿南部连环杀人案过程中表现出卓越的业务能力，大大提升了警察的威信，特此表彰。"

京畿南部连环杀人案的凶犯李振亨被逮捕，长期未破案专项组受到表彰，还得到了补偿休假。最开心的是桂哲。他曾因为收受贿赂而被降了一级，意气消沉，现在有种如鱼得水的感觉。

"刚开工就得奖牌，还有侦查补助费，补偿假期！我们真的是头号功臣啊。15年前的绑架案也解决了，悬了26年的京畿南部连环杀人案的犯人也抓到了。"

"不是我们，是朴海英。"

秀贤纠正了激动得眉飞色舞的桂哲。

"这是什么意思？"

"是他发现了徐亨俊的尸体，才破了绑架案。"

"也是啊，的确是这样。"

献基也附和着说。桂哲却连连摆手，一副绝对不同意的样子。

"撞大运撞上的。"

"徐亨俊的尸体在废弃医院的检修井里，就算幸运老爷爷来了，也不容

SIGNAL
信号 [上]

易撞上,不是吗,朴海英警卫?"

秀贤双臂交叉在胸前,靠在办公桌旁沉思了一会儿,挖苦着问道。肯定有什么秘密。有太多说不通的地方,不能简单说成是运气。回答我,朴海英,你的身份到底是什么?秀贤瞪着海英,等待他的回答。海英一句话也说不出来。桂哲似乎觉得不可思议,继续问道:

"回答呀,是撞大运吧?"

海英完全沉浸在对材韩的思绪之中,突然意识到自己成了话题的中心,先是不知所措,继而调皮地回答:

"你们不知道吗?我是干什么的?我是犯罪心理分析师,我是通过分析尹秀雅的性格和职业才找到的。这没什么,难道不是最基本的吗?好,我们笑着告别吧,假期结束再见。"

海英随意敷衍几句就准备下班。他看上去有些反常。

"尹秀雅被抓之前,他就分析出来了?那个乳臭未干的小子?跑到警察面前班门弄斧了?"

秀贤不像桂哲那样生气。她的目光里充满疑惑,静静地注视着海英的背影。

海英急匆匆地回到家里。什么表彰,什么侦查补助费,对他来说没有太大的意义。当务之急是揭开材韩身上的谜团。他换好衣服,站到白板前,重新读起了昨天夜里写下的内容。

时间:夜晚23点23分。持续时间:未确定。

CASE 3

大盗案

一

第一次通话——2000年金允贞绑架案当时，李材韩刑警。

第二次通话——不得而知。

第三次通话——1989年京畿南部连环杀人案当时，李材韩巡警。

地点：场所不固定。

人物：李材韩刑警（没有和其他人通过话）。

如果通话对象不是我和李材韩，通话还能进行吗？（未确定）

事件：金允贞绑架案，京畿南部——未破案信息。

方法：通过话。

原因：

最后的"原因"没有答案。为什么，到底为什么，为什么会发生这种事情？为什么会和李材韩刑警通上话？为什么李材韩刑警失踪了？

小时候，海英经常问哥哥为什么。

"哥哥，人为什么要睡觉？"

"因为从早到晚做了很多辛苦的工作，大脑发出休息的指令。"

"人为什么要做辛苦的工作？"

"这样才能赚钱啊，像爸爸妈妈那样。"

"其他孩子也都见不到爸爸妈妈吗？每天只顾赚钱不回家。"

"你有那么多好奇的事情，长大后肯定会有出息。"

"为什么？"

"因为你对世界感兴趣。"

SIGNAL
信号［上］

一

"为什么？"

海英打着哈欠，眼睛带着困意，却还是不停地提问。哥哥总是笑着看他，从来没有一次不耐烦，所有的问题都会耐心地回答。哥哥无所不知。

"哥哥，我为什么会遇到这种事？哥哥，回答我，哥哥。"

现在，哥哥不在了。为什么？这个问题需要他自己做出回答。再好好想想吧。呼叫并不是每天都有，时间是固定的夜晚23点23分。持续时间大概一分钟，但是不确定。通过呼叫救活了李美善，然而本不该死的崔永信和郑京顺却因通话而死。如果过去变了，现在也会改变。如果改变过去，现在也会跟着发生变化。

1995年9月，整个国家因为高层人士家中被盗的大盗案闹得沸沸扬扬。犯人的行动非常周密，没有留下蛛丝马迹，破案遭遇难关。包括材韩在内，刑警机动队的警察们潜伏了两周，没能回家。

不时会有躁动的传闻，说犯人深夜出现在警察厅长或财阀会长家门前，其实是执行潜伏任务时去卫生间回来的警察，或者在公园里玩耍的青少年。9月10日夜里，第4家被盗，而且是在警察层层潜伏的社区。连续几天空手而归就算了，现在竟然让犯人从眼皮底下逃脱，舆论不会放过他们。刑警机动队办公室成立了联合调查总部，气氛极度紧张，所有的人都敏感到了极点。不能正常吃饭，不能正常洗漱。那么多人抓不到一名盗贼，不仅案件受害人——高层官员们不爽，普通国民也对警察破口大骂。让犯人从眼皮底下逃跑，班长恼着成怒。他踢开办公室的门冲进来，咣当一声，扔下一大堆印刷品。

CASE 3
大 盗 案
一

"这是住在首尔市内所有擅长撬锁的盗窃犯的资料,一个个调查,严刑拷打也好,翻个底朝天也好,一定要把可疑的家伙给我带来!"

所有的人都严肃起来,刑警机动队里只有搬动和翻看印刷物的声音。盗窃犯的照片、前科记录、地址等信息全部公开,这让人难以接受。不过,材韩也觉得没有别的办法。

"都已经查过一遍了,班长。"

"肯定就在他们当中!那些保险柜比银行的保险柜还坚固,他们竟然像回自己家一样轻易打开,这样的家伙会有很多吗?截至昨天,已有4家被盗。议员家被盗,会长家被盗,无所不能的检察长家也被盗了,趁着厅长大人脑袋被盗之前,赶快把犯人抓来!快点儿!"

材韩慢慢地翻看着资料。看着吴京泰的照片,他猛地一惊。不会,不会是京泰大哥的。不,也说不定呢。人总是容易重复同样的错误,自己是警察,不能掺杂私人感情。能够这样缜密地盗窃,不留下丝毫证据的人没有几个。千万不要是他。怀着这种心情,他决定去见一见吴京泰。如果真的是吴京泰,那么与其落在别人手中,还不如亲自去逮捕他。

吴京泰提出在女儿恩芝学校门前见面,等女儿自习课结束,和女儿一起回家。对于材韩来说,恩芝也是个特别的孩子。吴京泰坐牢的4年里,因为没人照顾恩芝,他就把恩芝收留在自己家里。恩芝来到材韩和父亲两人居住的家里,给他们带来了很多笑声。聪明懂事的恩芝并不怪材韩。她说等爸爸赎罪归来,她会让爸爸不再犯罪。她还说要努力学习,代替动不动就有潜伏任务忙得不可开交的材韩,像亲孙女那样关心材韩的父亲。养育了冷漠儿子

SIGNAL

信 号 [上]

一

的父亲总是笑呵呵的。父亲节那天,恩芝在材韩的父亲胸前插了一朵康乃馨。整整一天,父亲都戴在身上,直到现在还存放在钟表店的角落里。这是个从来不会让人操心的孩子。吴京泰出狱后,恩芝又和父亲生活在一起。两个人给了他们最真诚的祝贺,同时也不得不为恩芝的离开而痛苦了好长时间。材韩回忆着和恩芝的往事,朝校门口走去。希望他们父女不要再分开。前不久,吴京泰说他刚买了辆新货车,现在刚刚停好,正在认真地擦车。

"是这个吗?"

"啊,吓我一跳,你怎么没有动静就出现了。"

"哇,车不错啊,新买的吗?我想问一下……大哥的钱是从哪儿来的?"

"找熟人借的。"

"大哥,昨天晚上你做什么了?"

"不是我。"

"谁说是你了吗?"

"真的不是我!"

"四年前被我抓到的时候,你也说真的不是你!"

"当时你还因为抓了我而提前晋升了,让你从小巡警升为警察的是谁,你应该懂得感恩!"

"我问你昨晚做什么了。"

"你真的要这样吗?我从老家回来,带给你的情报有多少条了?"

"只要说出你昨晚做了什么就行,你为什么总是避而不谈?"

"还能做什么,当然是睡觉,你开一天货车试试。到了那个时间直接倒

CASE 3
大盗案
一

头就睡,真的,我真的洗手不干了。"

吴京泰早就知道材韩来找自己的原因了。吴京泰希望材韩信任自己,像自己信任他那样,然而警察毕竟是警察。这个夜晚,怀疑、信任、委屈、欣喜相互交织。怎么办呢?是的,不会是他的。材韩半信半疑的时候,恩芝来了。恩芝已经是中学生了,穿着校服,漂漂亮亮。

"在恩芝面前,半个'盗'字也不要提。"

"你自己说话小心点儿就好。"

吴京泰笑着朝恩芝走去。为了不让茶变凉,他随身带了保温瓶,拿出来倒热茶给恩芝。突然,恩芝冲着好久不见的材韩说道:

"是为大盗案来的吗?"

两个人尴尬得说不出话来。吴京泰说"我们快回去吃饭吧",然后让恩芝上了货车,说好一会儿在吴京泰家见面。材韩的心情又变得复杂了。吴京泰为恩芝什么都可以做,也什么都可以不做。会是哪种呢?

到了吴京泰家,先回家的恩芝已经把早晨煮好的汤和小菜摆在了桌子上。一起生活的时候,恩芝就经常帮助材韩的父亲做饭。她从来不拿自己的处境和别人比较,什么事都独立去做。材韩觉得恩芝很了不起。

"你得学习呀,怎么做这种活儿,不用为我准备晚饭的。"

"叔叔每天都是在外面随便吃一口,这样下去胃会坏掉的。"

"要学习有学习,要厨艺有厨艺,我们恩芝真是无所不能。"

"大盗案的事。"

"真的,我不是为那个来的。"

信号［上］

一

"应该是个业余的。"

恩芝突然说了这么一句。材韩和吴京泰都很紧张地看着她。

"你们想啊,专业人士为什么要把事情搞这么大,平白无故招惹警察,那不是砸自己的饭碗吗?"

"你懂什么。"

面对材韩的嘲笑,恩芝瞪大眼睛反驳:

"我和爸爸生活了12年,爸爸坐牢的4年里,叔叔收留了我,所以我跟着叔叔生活。我的人生就是重案组的人生,连这个都不懂吗?"

"小东西。"

"听说连赃物都没发现?这不是小心,而是没有渠道。"

"我女儿真聪明。"

吴京泰心满意足地笑着,轻轻地插嘴说道。材韩责怪他说:

"厉害,初三的孩子不好好学数学,倒是更精通盗窃,这样好吗?"

"数学也很棒,不过有点儿奇怪。"

"什么?"

"处理事情的方式很业余,不过太容易了,上天入地无所不能的富人家,保安措施可不是闹着玩儿的,岂是那么容易就突破了?会不会是熟人作案?"

"干脆做警察算了。"

"警察和犯人本来也就是一笔之差。"

望着在饭桌前和吴京泰打嘴仗的材韩,恩芝走进房间,拿来一样东西。吃完饭,材韩准备离开的时候,恩芝拉住了他,递给他一盒录音带,和给爸爸的录音带一模一样。

CASE 3
大盗案

一

"我帮爸爸录音的时候,多录了一盒,叔叔开车的时候听吧。还有,叔叔,我把你当成亲叔叔看,叔叔也相信我吧?不是我爸爸,真的不是我爸爸干的。"

恩芝的话令材韩心情复杂。希望不是,叔叔也希望不是。他想说,又忍住了。是的,我相信。如果不能这样回答的话,那还是不说话为好。天冷了,回去吧。说完,材韩就和恩芝告别了。录音带上有恩芝的漂亮小字,"叔叔加油",还有录制的歌曲题目。

两周没回家了,材韩要回家换衣服,顺便转达恩芝久违的消息。材韩发现父亲贴了新的符咒。6年前,媛静被连环杀人犯杀害,他歇斯底里地咆哮说都是因为对讲机的时候,父亲找到一家据说很灵的占卜店。

"新写的?"

"有了这个,你会好起来的。现在,那个奇怪的对讲机不再响了吧?"

"唉,是我听错了。"

"不要摘掉,我花了很多钱的。听说恩芝这次考得很好?"

"是的,考试成绩好,厨艺也好。"

"那小家伙聪明,下次再来,我得请她吃顿好的,呵呵。"

父亲走出房间,材韩正想摘掉符咒,突然想起了对讲机。打开抽屉,对讲机原封不动地放在抽屉深处。

"回答我,犯人是谁?"

材韩对着对讲机自言自语"我可能是疯了",然后把对讲机放回了抽屉。

夜晚23点22分,手机闹铃响了。呼叫响起的时间是23点23分。为了不错过通话,他特意设了闹钟。关掉闹铃,海英盯着电话。无线呼叫究竟为什么

SIGNAL
信号［上］

一

开始？要想得到答案，他必须和电话那头的李材韩取得联系，可是连续几天都没有再呼叫。今天应该也联系不上吧。就在他放弃希望的刹那，对讲机的信号声响了。

"李材韩刑警，您在吗？"

换好衣服准备出发的材韩大吃一惊。

塞进抽屉里的对讲机又发出声音："朴海英警卫？"

"一直没有电话，我很担心，您没事吧？"

"我还想问您呢，您真的是朴海英警卫吗？6年来您在做什么？"

6年，海英无法相信。

"6年？您是说，那里是1995年？"

"是的，这里是1995年，您那边怎么样？"

"这里还是2015年，距离上次通话只有一周时间。"

材韩同样难以置信。

"那里真的是2015年吗？你在和我开玩笑吧？你是朴海英吗？"

"我就是和您一起抓到京畿南部连环杀人犯的朴海英，通过5次话。按照您那边的时间，1989年11月11日之后就断了。"

"哈，我要疯了。"

"我也无法理解，但这里的确是2015年。"

材韩仍然不太相信海英的反复确认，怀着试探的心情问海英：

"就算是吧，那我拜托你一件事。1995年发生的大盗案的犯人，是谁？2015年了，应该知道吧？"

"那个案子现在还没有破。"

CASE 3
大 盗 案
一

海英从插在书架上的案卷中抽出1995年的文件看了看，大盗案的确还没有破。

"没破？累得跟狗似的，竟然没抓到？确定吗？"

"确定，很久以前的案子了，找不到调查资料。但是这个案子太有名了，所以我通过当时的报纸新闻做过犯罪心理分析。"

"什么？犯？犯罪……那是什么？"

"犯罪心理分析，这是比当时先进得多的侦查技术。就算我知道了，也不能告诉你，随便改变过去是很危险的。"

"哇，那个家伙，我无论如何要抓到他。下一次犯罪是什么时候？昨天第4家被盗，下一家是在哪里？"

"这是最后一家，犯人偷完第4家之后没再动手。"

见海英不肯多说，材韩叹息着恳求道：

"警卫，我们已经一个月没回家了，拉在路上的大便都有一车了。给我们一条线索吧。"

"截至目前，几乎没发现这个案子的线索，后来也没有出现过同样手法的犯罪，也没有发现赃物。"

"那你用什么犯罪心理分析试试吧，好吗？抓个小偷又不会威胁到人类和平，有什么危险的？坏人难道不应该被逮捕归案吗？"

海英犹豫不决。弄不好的话，一切都毁了。对讲机里传来的材韩声音是那样急迫，他不能充耳不闻。他慢慢地拿出文件，找到那个案子。1995年，整个韩国因为大盗案和汉营大桥倒塌案闹得沸沸扬扬。翻看案件资料，上面写着有关大盗案的犯罪心理分析。海英艰难地开口说道：

SIGNAL
信 号 [上]

—

"嫌疑人中间有没有熟悉的人？"

"没有。虽然还没有特定的嫌疑人，不过家人和在家里做事的人都排除了嫌疑。"

"那么假设是从外部侵入的，而被盗的都是很难判断侵入和逃走路线的富人家，而且犯人只盗取昂贵物品，由此可以看出，犯人有得到内部信息的手段。为了洞察内部保安状态，很可能碰触外部机器，比如警报系统、门锁；为了设计侵入路线，也可能检查仓库、围墙或后门。可以检查一下能够了解入住者生活方式的信箱、垃圾桶、循环利用物品、牛奶或报箱等。"

材韩没有回答。他迅速记下海英说的话。海英很担心。

"这不是准确调查资料，只是以报道为基础的分析。您只能参考，而且您要小心，因为这个对讲机，本来不该死的人死了，请您切记。"

对讲机关机了。自己做得对吗？他满脸疑惑地观察着以前写在白板上的无线内容。过去变了，现在也会跟着改变。以后会发生什么事呢？一定要抓住盗贼，把案子解决就好，一切到此为止。海英虔诚地祈祷。那天夜里，又一阵风吹来。

海英因为担心而整夜辗转反侧，却被闹铃声吵醒了。他睁开眼睛，去看电脑屏幕。上面罗列着题为《大盗落网》《市民们的敌人大盗，终于开始铁窗生活》的报道。海英大惊失色。昨天搜索的1995年案件事故条目的内容发生了变化。一夜之间，一切都变了。海英颤抖着翻看从前的报道。报道附上了被捕之后走向警察署的吴京泰的照片。

CASE 3
大盗案
一

海英走进专项组办公室,询问大盗案的情况。刚刚破了重大悬案受到表彰,兴奋不已的桂哲张口闭口谈论"五大洋案""卧龙山小学生失踪案"等全国话题性的大案。

"不说那个,我说大盗案,这个案子的调查资料没有保留下来,有没有人了解这个案子?"

"已经抓到犯人,结案了,你还问它做什么?我们是未破案专项组。"

桂哲催促海英不要说没用的,赶快调查新的未破案。海英却像没听到桂哲说话,继续说着自己的事情:

"我看了报道,犯人根据特定犯罪加重处罚法被重判,因为企图越狱而延长了刑期。"

"证据确凿,犯人却说自己冤枉,坚持说自己不是罪犯,所以又加了一条以下犯上罪。"

静静地打扫卫生的黄义警说,这是在网上案件事故论坛看到的信息。大家都不可思议地看着黄义警,秀贤附和道:

"说得对,目击者和证人都言之凿凿,而且现场也查出了指纹。"

"准确地说,不是现场,而是邮箱。"

听献基说完,海英感觉头晕。

"检查一下能够了解入住者生活方式的信箱、垃圾桶、循环利用物品、牛奶或报箱等。"

因为他。

"别说这些了,我们来谈谈五大洋案。"

SIGNAL

信号〔上〕

一

桂哲试图转移话题。突然，海英开始更加积极地剖析案件。

"如果想要调查这个案子，应该怎么办呢？听说当时由刑警机动队负责，我想见见当时的警察，应该怎么做？"

"为什么？你了解这个干什么？"

秀贤严肃地问道。海英无言以对。秀贤有些怀疑，继续问道：

"回答我，你为什么想知道。"

"20年了。万一，警察逮捕的不是真正的罪犯，而是抓错了人，这样过了20年，那可不行。"

秀贤呆呆地盯着海英，然后拿起外套和包，站起身来。

"朴海英，你跟我来。"

桂哲有种不祥的预感，试图劝阻他们，秀贤却带着海英出去了。

"您要去哪儿？去见当时刑警机动队的警察吗？叫什么名字？"

"那个圈子的事情，应该去问那个圈子的人，为什么要问其他圈子的人？"

海英不明所以，跟着秀贤来到江南区某包间沙龙。秀贤开门进去，嘴上说着"欢迎光临"的服务员们吓了一跳，立刻紧张起来。秀贤跟着服务员走向房间，看样子来过多次了。海英一头雾水。

"要最贵的酒和菜，要是有漂亮姐姐就更好了。"

海英差点儿跳起来。

"什么姐姐！你疯了吗？"

一个自称经理的人出现在不知所措的海英面前。经理看到秀贤，就叹了口气，锁上房门，坐到了对面。

CASE 3
大 盗 案
一

"真的不是,这次。我真的不知道她是未成年人,一知道就立刻让她回家了,还给了她车费,真的!姐姐,你不相信我?"

"我凭什么是你姐姐,你明明比我大一岁。"

"既然知道我比你大一岁,说话就不要这么不客气嘛。"

"你想死是吧?"

"不,不是……我都说不是了。"

"算了,今天我来没有别的事情。朴海英,有什么想问的尽管问吧。他的盗窃前科,仅仅大型的就有5次。"

海英这才明白,于是向经理询问大盗案。

"我是首尔警察厅长期未破案专项组的犯罪心理分析师,朴海英。因为大盗案被逮捕的吴京泰,您认识吗?"

"那可是传奇人物,以手法利落著称。确定目标后,连续几天在目标周围徘徊,自然而然地寻找侵入方法。非常周密,非常细致,连个指纹都没留下过。"

有过盗窃前科的沙龙经理细致地讲述了吴京泰的犯罪特征。虽然没什么成果,但也不是全然没有收获。回警察署的路上,海英向秀贤讲述了基于这次交谈的分析。

"有点儿奇怪,无论情况如何变化,人的核心性格都是不会改变的。如果那个人说得对,那么吴京泰应该是周密细致的性格,这样的人不会在信箱上留下指纹。"

"你还想继续了解吗?"

SIGNAL

信 号 〔上〕

一

"只要介绍我认识就行,我会自己去的。我是警察大学毕业的警察,我的事情我会看着办,不用在旁逐一帮忙。"

"你以为自己长大了,还差得远呢。"

走在前面的秀贤突然停下脚步,转身看着海英。

"你以为我是帮你吗?我跟你一起出来,是因为有事要问你。"

"什么意思?"

"我不和有秘密的人共事。大盗案,你真正好奇的原因是什么?根本不了解的案子,为什么要好奇?"

海英什么话也答不出来了。慌张的海英,追问的秀贤,两人目光交织的刹那间,桂哲打来了电话。他说广域侦察队接到绑架报警,此刻正乱作一团。秀贤和海英急忙回到警察署。

警察们各自分散开来,四处联络,办公室变成了战场。桂哲了解事情的经过,说是"绑架"。

"不知道是哪个家伙,应该有精神病。现在是什么时代,只要抓到绑匪,警察可以提前晋升一级,所以都心急火燎地往上冲。"

"受害者?"

"地方大学教授,不过父亲是阳运建筑集团的CEO,据说明年将以执政党比例代表的身份参加竞选,是个大人物。不过,你知道嫌疑人是谁吗?"

桂哲正要说出嫌疑人的情报,金范周和安治守进来了。警察们都跟着两个人去了会议室。参加会议的有几十名警察。长期未破案专项组最后进来。

CASE 3

大 盗 案

一

系长开始说明情况。

"受害者姓名申如珍，37岁，职业：文光大学美术学院教授。绑架推定时间为11月1日21点，外出归来的受害者父母向支队报警，地方厅广域侦察队立刻着手调查。"

说明资料中出现了监控画面。身穿黑衣服的男子拖着大型行李箱消失在画面中。

"案发后，周边监控拍下一个拖着可疑旅行箱的人，通过被绑架的申如珍家镜子上发现的指纹，确认了该人物的个人信息。通过受害者家中镜子上的指纹和视频拍下的面孔，确定嫌疑人姓名……"

为了听清嫌疑人的姓名，包括金范周在内的警察们都向前凑近了身体。

"姓名吴京泰，年龄58岁，1995年因高层官员连锁被盗案，也就是大盗案被刑拘，3日前刑满释放。绑架受害人后，吴京泰利用事先准备好的车辆，沿着京进国道向京畿道义川方向移动，之后的行踪还不确定。现在，受害者的现金卡和信用卡都没有使用，手机也处于关机状态，无法定位。"

"吴京泰呢？"

金范周静静听着，问了一句。

"刚刚出狱不久，没有手机，没有信用卡，也没有居住地址。当务之急是弄清楚受害者所在的位置。"

金范周露出惯有的冷漠微笑，咂着舌头说道：

"一次垃圾永远是垃圾。因为盗窃坐牢刚被释放，又要盗窃吗？这是闯进去想要偷钱，见没有钱，就打起了绑架的算盘。"

SIGNAL
信 号 [上]

一

这时，坐在后面的海英大声喊道：

"这件事有点儿奇怪！"

众人的视线都集中到了海英身上。你又来了，桂哲戳了戳他的肋下。海英不理会，继续发表自己的意见：

"吴京泰从来没有碰过人，他只进行典型的对物犯罪。犯罪方式也发生了变化。留下指纹，还被视频拍下，这不像吴京泰的风格。吴京泰犯下这种罪行，肯定另有目的。"

海英说完了。金范周好像什么也没听到，继续凝视正前方。别的警察似乎也觉得他是胡说八道。

"受害者家人肯定会接到恐吓电话。先做好准备，仔细调查比他先出狱的狱友、亲戚、朋友，绑架案的黄金时间是24小时，哪怕把首尔翻个底朝天，也要找到吴京泰！"

留下命令之后，金范周走出会议室。安治守负责收尾。

"监控管理中心确认，吴京泰驾驶的9434车辆是空的。从逃跑车辆丢弃的京进国道开始，所有的监控，包括私人摄像头全部调出来，车辆行驶记录仪也不例外。广域侦察队广域1系全员出动。完毕。"

警察们交头接耳，分散开来。海英大喊着要大家听他说完，可是没有人理会。所有人都走了，会议室里只剩下海英。这时，安治守走过来，朝海英挥起拳头。

"解决了京畿南部一个案子，你就目中无人了吗？这是什么地方，任你胡说八道？"

CASE 3
大盗案
一

被打倒在地的海英捂着脸站起来,怒视安治守。

"是啊,我一时忘了警察组织是个讲不通道理的地方。"

气急败坏的安治守还想再打一拳,秀贤却挡在前面,朝海英腿上踢了一脚,对安治守说:

"对不起,我会教育他的。"

安治守平静下来,对专项组组员下达命令:

"车秀贤加入家人保护组,郑献基检测现场,金桂哲在办公室支援现场。朴海英,你给我消失。"

大家都去了各自的位置,只剩下秀贤和海英。这时,秀贤说出了自己想说的话:

"心里很痛快吧?你是为了和警察打架才来当警察的吗?"

"不要想着教训我,太龌龊了,我不会同流合污。没有能力,只为面子,总是抓不到犯人。这个案子不是单纯以金钱为目的的绑架。吴京泰手法利落,可这次却在镜子上留下指纹,还故意被摄像头拍到自己的正脸。很可能是出于其他目的而故意暴露自己的绑架。这种情况下,人质的生命非常危险。"

"是的,你说得对,受害者如果死了,那么就是你杀死了受害者。如果你是对的,其他人是错的,你应该说服他们。如果以后你一直这样下去,谁也不愿意听你说话。每当这时,就会有人死掉。你随便吧。还有最后一个问题,我不知道你为什么那么讨厌警察,但是我觉得你都不懂抓不到犯人的痛苦,所以没资格骂警察。"

秀贤转身离去。海英说不出话来。她说得都对,只是海英不愿承认。说

SIGNAL
信号〔上〕

—

服不了其他人，这是自己的错，可他们不肯听自己说，这难道不是问题吗？比起树立个人权威，更重要的不是做出理性判断，帮助人们摆脱危险吗？气愤的海英决定自己调查，于是去了吴京泰所在的监狱。

吴京泰在海英和材韩通话前两天的凌晨出狱。满怀希望，开着货车去接女儿恩芝的吴京泰早就消失不见了。只剩下憔悴衰老的50多岁的前科犯。来到无人等候的教导所门外，他迈着沉重的脚步，独自走进了晨雾。

上了年纪的教导官对吴京泰有着很具体的记忆。也难怪，吴京泰刚进来就频繁尝试越狱。他声称自己受了冤枉，多次越狱都以失败告终。一两年之后，他似乎放弃了，终于安静了下来。

"踏踏实实地学习电工技术，话也不多。"

"刚出狱就绑架别人，我们需要了解吴京泰为什么要做这样的事情。只要能够成为线索，什么事都可以，请您尽管说。"

"怎么说呢，他不怎么说话，总是独来独往。他经常发作，狱友们也都躲着他。"

"发作？"

"是的，每次只要看到火花，他就像变了个人似的发疯。在餐厅里取餐，只要看到燃气灶溅起火花，他就开始发作。尖叫，乱扔东西，好几名教导官才能制止。"

"在教导所里发生什么事了吗？因为大盗案被逮捕的时候，没有与火相关的事情啊。"

"他女儿死了，被火烧死的……"

CASE 3

大 盗 案

一

走出教导所,海英在车上搜索1995年汉营大桥案。屏幕上出现了"晚上9点30分汉营大桥倒塌事故""死亡11人,受伤15人""豆腐渣工程引发的可预见性惨剧"等报道。一定是吴京泰的女儿出了什么事,跟吴京泰的发作有关系。那天究竟发生了什么?海英陷入了沉思,想要寻找事件的连接点,突然,23点22分的闹铃响了。海英看了看时间,从包里拿出对讲机,急切地盼望材韩能够再次发话。

申东勋百思不得其解。他仔细回想,怎么也想不起自己做过与人结仇的事。从普通职员做到CEO,在竞争激烈的社会里,肯定有意无意地打压过别人,但不至于绑架自己的女儿。童年时代有过痛苦经历的女儿申如珍已经年近40了,直到现在心里仍然笼罩着阴影。幸好她从小喜欢美术,画画的时候心情还能获得宁静。每当看到女儿作为教授指导孩子画画时的平静模样,他就感觉很激动。虽然女儿还是离不开药物,但只要按时吃药,症状就会减轻很多。

那天,有一个夫妻共同参加的聚会。女儿有些疲惫了,却还是出来送他们,状态看上去还不错。回家之后,女儿却不见了踪影。不接电话,无法联系。自从出事之后,女儿几乎没有夜里独自出过门。鞋子也放在原地,放药盒的浴室装饰柜开着门。肯定是被人绑架了。报警之后,警察来了,通过摄像头和家里发现的指纹,确认了嫌疑人的身份。

警察在家里摆放了各种装置,仔细检查申如珍的房间和浴室。秀贤从浴室装饰柜里发现了药物。

SIGNAL
信号 〔上〕

一

"抗抑郁药？您女儿生病了吗？"

"创伤后应激障碍，小时候遭遇过惨重事故。"

"事故？"

"汉营大桥倒塌事故，还记得吗？当时我女儿就在那座桥上。"

秀贤想起了什么，再次问申东勋：

"您是说汉营大桥倒塌的时候，您女儿在场？"

"是的，我也和她在一起。这跟我女儿被绑架有什么关系？"

"我们调查过绑架您女儿的吴京泰，她的女儿死于汉营大桥倒塌事故。"

"那又怎样？当时死去的人多了。"

"可能是为钱绑架，不过也要考虑其他的情况，所以我们要对您的女儿有更多的了解。"

"当时如珍算是死里逃生，直到现在还活得很痛苦。真的太残忍了，现在都不愿意重新回忆。"

申东勋话音刚落，客厅里的电话铃响了。申东勋跑到客厅去接电话，警察们迅速做好录音准备。警察们发出信号，申东勋拿起了话筒。

"爸爸……"

"如珍呀，你在哪儿？没事吧？有没有受伤？现在是你一个人吗？你还好吗？"

"我一个人，爸爸，太冷了。"

如珍好像很虚弱，语气带着哽咽，说得很艰难。秀贤拿起另一个相互连接的电话，尝试和如珍通话。

CASE 3
大 盗 案
一

"申如珍小姐，冷静，听我说话。我是首尔厅的车秀贤警卫，你周围有什么？"

"车，我在车里。"

"后备厢吗？"

"不，很宽敞。"

"有窗户吗？"

"没，没有窗户，都……堵住了，太冷了。"

秀贤对周围的警察们大声说道：

"货车！是冷冻货车！"

1995年9月，和海英通完话，材韩向鉴定员提出检测被盗家庭周边的全部指纹。他想抓到犯人。如果这是给未来留下的悬案，那么他想改变过去。不料，这却成了他的败笔。

调查快速进行，最后在检察总长家门前的信箱上发现了指纹。指纹属于吴京泰。最后，被盗的检察长家的儿子证实说看到了吴京泰。材韩很绝望。他曾经相信吴京泰，相信不是他干的。现在却连证词都有了，辩解都不可能。材韩不愿意把吴京泰交给别人，决定亲自实施逮捕。泪水止不住地流淌。只能以这种方式生活的吴京泰，又要变成孤身一人的恩芝，都让他心痛。

看到吴京泰了。材韩强咽泪水，朝他走去。吴京泰走下货车，看见材韩转头就跑。深夜的狂奔，吴京泰在狭窄的胡同里边跑边喊：

"绝对不是我！材韩呀，你听我说！"

SIGNAL
信号〔上〕

一

在死胡同里，吴京泰哀求着说道：

"真的不是我。"

"有证人说那天看到你了，他们家也发现了你的指纹。"

"真的不是我！"

"你拿什么钱买的车？"

"你就这么不相信我吗？我是考虑到恩芝的未来才买的车，会用偷来的钱吗？"

正在这时，恩芝出现了。她挡在吴京泰和材韩中间，斩钉截铁地说道：

"真的不是爸爸干的！"

"恩芝呀……大哥，安安静静地走吧。"

"李刑警，我把恩芝送回家，然后自己去警察署，嗯？"

"警察已经等在你家了，还是跟我走吧。"

恩芝的眼角含着泪水。吴京泰红着眼睛抚摩恩芝，深情地说：

"恩芝呀，你先回家，你相信爸爸吗？爸爸很快就回家，你先回去吧。"

恩芝独自留在胡同尽头，泪流满面地望着爸爸的背影。

材韩走过恩芝身边，给吴京泰戴上手铐，让吴京泰坐上副驾驶座。戴上手铐后，吴京泰的胳膊撞到了副驾驶位的把手，发出当啷当啷的声音。他似乎绝望了。想到恩芝深夜独自回家，他的心很痛。材韩慢慢地发动汽车，追着恩芝乘坐的公交车行驶。他想以这种方式送恩芝回家。恩芝坐在公交车的后排座位上，独自哭泣。成熟懂事的恩芝不见了，取而代之的是小孩子恩芝。吴京泰和材韩默默无语。两个男人都红了鼻尖儿，嘴巴紧闭。他们分别以不

CASE 3
大盗案
一

同的形式给恩芝带去了痛苦。真心希望恩芝以后的日子里只有开心快乐，然而事情为什么总是这么扭曲，他们气愤得近乎发疯。恩芝呀，等一等，等一等。吴京泰呆呆地望着恩芝。他的表情更加刺痛了材韩，心都要碎了。材韩换了车道，跟在公交车后面。就在这时，只听咣的一声，公交车从视野里消失了。材韩大吃一惊，立刻转动方向盘。吱嘎、嘀嘀、嘀嘀，急刹车声和喇叭声此起彼伏。咣，咣，车辆碰撞，尖叫声和急救车的鸣笛声，紧接着传来砰的巨响。材韩和吴京泰的尖叫声同时响起：

"不要啊！"

如果当时恩芝没有离开，如果她没有离开该有多好。巧合的是，恩芝乘坐的公交车里，一个和她年龄相仿的中学生和爸爸并肩而坐，正在亲热地聊天。想到这个场面，材韩简直要发疯。不一会儿，接到法院判决的吴京泰将被送往教导所。材韩远远地看了一会儿，朝他走了过去。吴京泰的眼神冰冷，闪烁着敌意。

"都是因为你！我的女儿，如果不是我被抓，如果我在旁边，一定能活下来！都是因为你！"

材韩垂下了头。任何语言都无法安慰吴京泰了。回到车上，材韩把恩芝送给自己的磁带放入录音机，打开了音乐。

"我帮爸爸录音的时候，多录了一盒，叔叔开车的时候听吧。"

恩芝温柔的声音回荡在车里。悲伤无法言说，材韩心潮澎湃。这时，只听嘀的一声，对讲机响了。扔在副驾驶座上的对讲机里传出朴海英的声音：

SIGNAL

信 号 〔上〕

一

"刑警先生！我是朴海英，您在听吗？究竟发生了什么事情？"

材韩忍住眼泪，盯着对讲机。

"过去变了，大盗案，吴京泰是真凶吗？"

眼泪夺眶而出。材韩强忍住想哭的冲动，拿起对讲机。他一字一顿，清清楚楚地回答道：

"警卫先生。"

"李材韩刑警？吴京泰绑架了人，他想要杀人。那天究竟发生了什么事？"

"警卫先生，我们，错了。不，是我……我错了。一切都是因为我，一切都毁了。这个通话……本就不该开始。"

警察们打开地图，寻找申如珍可能出现的场所。听说受害者打来电话，系长指示大家，在定位确定的地点3公里附近搜查所有的冷冻货车。

秀贤留在申东勋家中，还没有出动。她在沉思。犯人为什么要把手机放在申如珍身边？有的警察说可能是在作案过程中疏忽了，然而吴京泰的性格非常谨慎。现在，必须立刻去救申如珍，所以她必须出动。警察们都出去了，申东勋却毫无察觉，呆呆地拿着手机。

带着未解的疑惑，秀贤跑向推测申如珍所在的位置。途中海英打来电话，她不想唠叨，也不想争吵，所以就没接。本来就很紧急，她不想再制造其他头疼的事端。电话铃响个不停。

"怎么了？是我。"

CASE 3
大盗案
一

"申如珍不是目标。"

"什么意思？"

"吴京泰的女儿和申东勋的女儿都是汉营大桥事故的受害者。"

"我知道。"

"不是普通事故，吴京泰的女儿本来可以被救活的。"

"这又是什么意思？"

海英讲了从材韩那里听来的残忍经过。

"大桥倒塌的时候，公交车翻了下去。和女儿一起坐在公交车上的申东勋只受了轻伤，很快回过神来，把车上的人们往外拉。他见一个拉一个，不过真正想救的是自己的女儿。救助队员赶到的时候，他说自己的女儿在车里，请求救助。当时吴京泰近在咫尺，就在桥上面，却不能下去，因为手铐……锁在副驾驶的扶手上。他能看见下面的情景。在吴京泰的眼里，最先看到的当然是在公交车里流血的女儿。他一定很焦急地呼唤女儿，千方百计想把女儿救出来。和他一起的警察应该疯狂地沿着栏杆往桥下跑，但还是需要时间。吴京泰大声咆哮，呼唤女儿的名字，喊人帮忙对孩子说自己会去救她，再等一等。他发疯似的想要解开手铐，但是没能解开。警车里有对讲机。吴京泰通过对讲机听到了救助队员们的说话声。他们说交通状况不好，一辆油压机要晚些才能到达，还说有两名女学生在车里，迅速救援，油在继续泄漏，没有时间了。对讲机里还传来一个男人的怪叫声。他说至少救出一个也好啊，要是爆炸就都死了。那个男人是申东勋。他说一旦爆发就都死了，所以需要做出决定。他苦苦哀求救助队员，恳请他们先救自己的女儿。油压机发动，

SIGNAL
信号〔上〕

申东勋女儿申如珍的空间变大，吴京泰女儿的被困空间随之受到了挤压。这时候，吴京泰能做的就是呼唤女儿的名字。他疯狂地呼唤，女儿的头奇迹般地动了动。哪怕弄断手腕，也要赶到女儿身边。他竭尽全力，试图解开手铐。正在这时，砰的一声，爆炸了。吴京泰的女儿还没有被救出来，公交车就爆炸了。吴京泰大概认为是申东勋杀死了自己的女儿。"

"就算是这样，就算发生过这件大事，可你是怎么知道的？你听谁说的？"

"听这个事故的目击者说的。"

"目击者，谁？"

海英不能说是1995年的李材韩刑警，只好转移话题：

"这个不重要。吴京泰以前的作案手法精细而高效，如果他想杀死代替自己女儿活下来的申如珍，那么他不会绑架，而是选择直接杀死。但是他偏要不惜暴露自己来绑架申如珍，为的就是让申东勋痛苦，就像自己一样，眼睁睁地看着女儿死去却什么都做不了。申如珍只是诱饵。吴京泰真正的目标在于申东勋。囚禁申如珍的地方应该在汉营大桥附近。源于怨恨或感情的暴露性绑架，很可能把人质带到具有象征意义的场所。"

秀贤的直觉是对的。吴京泰不是疏忽了申如珍的手机，而是故意留在她身边的，为的就是甩掉警察。秀贤给留在申东勋家中的巡警打电话，找申东勋。申东勋已经出门了。秀贤急忙开车去汉营大桥。海英也往汉营大桥赶去。要不是自己多嘴，吴京泰也不会被逮捕，那么年幼的中学生就不会死了。一切都是自己的错，所以应该去阻止。

吴京泰被抓走之后，材韩才得知真相。其实并没有查到指纹。材韩走向

CASE 3
大 盗 案
一

正在卫生间里的同事正济，抽了他一记耳光。他抓住摇摇欲坠的正济，疯狂地问道：

"指纹，明明没有查到，你为什么说发现了部分指纹！明明没有查清是谁的指纹！"

"有证人啊。"

"证人只是在漆黑的夜里隐约看到。如果没有指纹，就不能实施逮捕。"

"那你让我怎么办！上面催着抓犯人！"

"你，真是疯了。"

"有证人说千真万确，就是吴京泰！"

"我会去查清楚的！"

"吴京泰的判决都下来了，警察内部没有人会相信你的话。"

材韩清楚地记得，吴京泰在接到判决被移送警察署的途中，最后曾说过这样的话：

"都是因为你！我的女儿，如果不是我被抓，如果我在旁边，一定能活下来！都是因为你！"

这个案子应该成为悬案。我不该碰它。朴海英警卫说得对。那天材韩又和海英通了话。他无法止住奔流的泪水，好不容易才忍住哭，对海英说道：

"你说得对，这个案子就应该让它成为悬案。我，我不该……碰它。"

"找出真凶。"

海英出人意料的回答令材韩猛然一惊。

"是我们弄坏的，现在应该由我们来还原。如果现在能抓到犯人……还

SIGNAL
信号 [上]

一

可以挽回。"

吴京泰在汉营大桥上,站在20年前发生惨烈事故的位置。黑色的江水吞噬了痛苦,仿佛什么事情也没有发生,悠悠地流淌。

夜里12点,汉营大桥,如果带警察来,温度立刻降到零下50摄氏度,你女儿立刻死掉。如果想让你女儿活命,自己看着办。

申东勋和申如珍通过电话之后,他的手机收到了女儿脸色苍白的照片,同时还有上面这条短信。

不能告诉警察,他只能偷偷离开家门。到达汉营大桥时,往事掠过脑海。为什么会碰上这种事?申东勋陷入了绝望。这时,一个身体摇摇晃晃、眼睛没有焦点的男人出现了,是吴京泰。他冲着申东勋隐隐露出笑容。申东勋跑过去,朝吴京泰挥起拳头,抓住他的衣领。

"我的如珍在哪儿!如珍在哪儿!"

"眼看着女儿死去,是什么感觉?"

"到底是为什么!为什么要这样对我们!为什么啊!"

"你也是这样。就在这里,汉营大桥。所以你也感受一下吧,女儿快死了,却无能为力的心情吧。"

"这……到底是什么意思?"

申东勋失去理性,开始发狂。吴京泰静静地注视着他,再次露出微笑。

CASE 3

大盗案
一

"我看到货车里有老鼠被冻死了,温度设置了零下20摄氏度,不到5分钟就冻死了。一只老鼠冻死需要5分钟,人需要多久呢?"

申东勋崩溃了,他什么都想不起来,也无暇回忆任何事。他双膝跪地,搓着双手恳求吴京泰:

"求求你……救救我女儿,求求你了,我错了,请放过我女儿。"

"现在不是求情的时候,难道不应该先救你的女儿吗?"

出狱之后,吴京泰制订了具体的绑架计划,并在申东勋家门前等了好几天。为了尽快行动,他在附近观察申东勋的动态,寻找机会。第一次看到年近40的申如珍时,他不得不咬住嘴唇,强忍住哭的冲动。如果恩芝活着,应该也这么大了。乖巧懂事的恩芝一定会成长得很好,不让自己操心。她会成为一个优秀的人,说不定还会给自己生几个可爱的孙子,组建新的家庭。没能保护好你,对不起,恩芝。没能让你像其他人那样笑着活在这个世界,对不起,恩芝。吴京泰忍住哭泣,多次在心里向恩芝谢罪。

申东勋夫妇外出,申如珍独自留在家里的时候,吴京泰开始付诸实践。他已经在脑海里练习了几十次。申如珍去浴室找药时,吴京泰将她打晕,然后在浴室镜子上留下自己的指纹,仿佛盖章。这回继续用这个指纹抓我吧,杀死恩芝的警察们!但是,我不会老老实实任由你们抓捕了,我要为含冤死去的恩芝报仇,我要让导致恩芝死亡的帮凶们也感受到痛苦,让他们切身体会这是多么残忍的事情。

他把昏厥的如珍塞进大旅行箱,走出家门,再把如珍绑在准备好的货车

SIGNAL

信号〔上〕

一

里,还故意留下申如珍的包和手机,就是为了让她竭尽全力和警察联系。傻瓜般的警察一定会通过手机定位,然后扑空,白白浪费时间。在这个过程中,掠夺女儿时间的这个女人将会死去。这个女人的爸爸也就知道眼看着女儿死去是何等痛苦了。

一切都按照吴京泰的计划进行。

海英全速驱车到达汉营大桥,然后放慢速度,观察大桥周围。海英的推理没错,吴京泰果然在那里。海英停下车,避开车流,疯狂地朝吴京泰跑去。吴京泰像丢了魂似的盯着江水。海英扑了过去。

"申如珍小姐在哪里?申如珍小姐在哪里!"

吴京泰满不在乎的样子,失魂落魄地沉默不语,过了一会儿才说:

"恩芝啊,你……等很久了吧。"

追随吴京泰的视线看过去,那是纪念20年前汉营大桥倒塌事故受害者的安魂塔。海英给秀贤打电话。

"汉营大桥南部,安魂塔前,申如珍乘坐的货车在这里!"

挂断电话,海英给丢了魂的吴京泰戴上手铐。海英还是第一次给别人戴手铐,结结巴巴地告知米兰达权利。

"吴京泰先生,你……有权保持沉默……也有权委托律师。"

"太短了,和我的20年相比,你太短了。"

戴着手铐的吴京泰自言自语。海英觉察到应该不会就这样了事。他突然想起去教导所找吴京泰时,教导官说过的话:

CASE 3
大盗案
一

"刚来的时候尝试过几次越狱,失败之后安静下来了。踏踏实实地学习电工技术,话也不多。"

"电工技术!冷冻货车用LPG气体做冷媒……怪不得他要学习电工技术!他想使用冷媒,用导致自己女儿死亡的方式杀死对方。如果是这样的话,所有的人都危险。"

海英奋不顾身地跑向安魂塔。

正赶往汉营大桥的秀贤和海英通完电话,立刻掉转车头,赶往安魂塔。货车停在那里,申东勋正在拼命想要打开车门。秀贤让申东勋后退,自己把货车的门打开。货车里面漆黑一片。秀贤按下开关想要找到申如珍,只听咔嚓一声,同时传来海英的喊声:

"不可以!"

火花飞溅,噪声响起,爆炸在瞬间发生。爆炸发出巨大的威力,正朝货车奔跑的海英也仰面倒下了。海英短暂地失去意识,当他睁开眼睛的时候,到处都是急救车、消防车、警察和消防队员。白布覆盖的尸体被担架抬了出来。垂落的胳膊……是秀贤。

申如珍不在汉营大桥下的货车里,竟然意外地出现在国道边的冷冻货车里。广域侦缉队警察将她救出来,直接送往医院,接受低体温治疗。或许,吴京泰从开始就没打算杀死她。他只是恨申东勋。可是死去的不是申东勋,而是长期未破案专项组的车秀贤警卫。

听到消息后,安治守和专项组成员们都来到警察医院的太平间。海英茫

SIGNAL
信号 [上]
一

然若失，似乎无法相信。他像丢了魂似的站在他们面前。不一会儿，秀贤的家人也来了。"我的孩子不可能这样啊。"秀贤母亲的哭喊声在医院走廊里回荡。

"秀贤啊……秀贤，妈妈来了。睁开眼睛，站起来，你在这里干什么？嗯？"

秀贤妈妈抓住安治守和其他组员，恳求他们救救自己的女儿，最后因为悲伤过度而晕倒。海英看不下去，紧紧地闭上双眼。

海英想起上次通话的内容：

"我们，错了。不，是我……我错了。"

材韩说是"我们错了"。海英却让材韩去抓犯人，改变未来。那时候，他没想到吴京泰的绑架之举会导致如此严重的后果。他本来只想为吴京泰洗脱冤屈，所以要挽回一切。"是我的错，一切都是因为我。"海英自责不已，失魂落魄地自言自语。

"如果能抓到真凶，就能改变未来。"

李材韩刑警一定要抓到真凶，那么秀贤也能回来。

海英回到凌晨熄灯的办公室。秀贤的办公桌上放着一束洁白的菊花。没有了主人，只剩下孤零零的花儿。海英气得要发疯。他用充血的眼睛冷冷地注视着空荡荡的座位，突然发现了蝙蝠侠相框，想起第一次见面的日子。那天，他在秀贤的办公桌上最先注意到了相框上的字，"一副手铐背负的眼泪是2.5升"。桌子上仍然堆着案件资料。

连续几天，长期未破案专项组的办公室里都死气沉沉。虽然警察的工作从来都是以性命为担保，需要冒着生命危险，可是同事的死亡对他们来说也

CASE 3
大 盗 案
一

是沉重的打击。他们没有时间考虑今后的事情该怎么办,所有的人都失去了动力,只是黯淡地守着自己的位置。三天后,他们接到清理秀贤办公桌的命令。黄义警慢腾腾地整理着秀贤的位置,海英问道:

"你在干什么?"

"啊,三层总务组缺一张桌子,也要把东西交给……家属才行。"

"让他们用别的桌子,这个桌子不行。"

如果李材韩刑警抓住犯人的话,这种情况也许会发生改变。不能这么快收拾秀贤的物品。一定要让她回来,必须让她回来,所以不能动她的桌子。海英挡在桌子前,不肯让步。黄义警恳求他说:

"可是,上级让快点儿收拾。"

"上级是谁?谁说的?"

"我说的。"安治守道,"我们是公务员,拿的是纳税人的钱。那张桌子是用国民税金购买的资产,不能一直这么放着。还有,长期未破案专项组少了一名成员,短期之内也只能以这种状态进行。辛苦是辛苦了点儿,不过请大家再坚持一下。反正用不了多久,这个组就要解散。"

"本来就是这种方式吗?"这回海英阻止了安治守,"警察本来就这样吗?昨天还并肩战斗的同事,怎么可以这样?告别的时候,怎么可以这样!"

"你凭什么跟我说这些?车秀贤死的时候,在旁边束手无策的人就是你。金桂哲,干什么呢?你负责,立刻收拾出来。"

安治守冷冰冰地瞪了海英一眼,就出去了。桂哲观察了一会儿,深深地

SIGNAL

信号［上］

一

吸了口气,开始帮助黄义警整理秀贤的办公桌。献基拍了拍海英的肩膀以示安慰,然而无济于事。海英坐在座位上,注视着秀贤的办公桌越来越空,直到消失。他想起解决京畿南部连环杀人案时秀贤说过的话:

"朴海英,你在这个组里是干什么的?虽然是半吊子犯罪心理分析师,但毕竟也是犯罪心理分析师。我在首尔市中心寻找证据,和证人斗智斗勇的时候,你应该像'阿波罗11号'的阿姆斯特朗那样在月球上看我,证据、证人、案件都像是远处的一个点,你要不夹杂任何感情地去看,而不是像现在这样情绪化,听懂了吗?"

海英回想着秀贤的话,重新振作起来。现在不是闹情绪的时候。为了让1995年的李材韩抓到真凶,他应该像远处的某个点,不夹杂任何感情,重新看待这个案子。

大家都下班了,海英重新确认大盗案的每一个细节。虽然没有现场照片,也没有调查资料,但在某个地方肯定存在线索。他在白板上写下主要的事实。

第1次:1995年9月2日,作案时间:白天。
受害者:汉阳集团会长姜尚文。侵入方式无法确认。
损失物品:无法确认。
特异点:姜尚文会长花甲宴,家里没人。

第2次:1995年9月5日,作案时间:白天。
受害者:财信日报会长高载明。侵入方式无法确认。

CASE 3
大盗案
一

损失物品：无法确认。

特异点：高载明会长全家海外旅行，家里没人。

第3次：1995年9月8日，作案时间：傍晚。

受害者：新国民党议员张英哲。侵入方式无法确认。

损失物品：无法确认。

特异点：张英哲议员参加出版纪念会，家里没人。

第4次：1995年9月10日，作案时间：23点。

受害者：首尔中央检查分院检察长韩石熙。侵入方式无法确认。

损失物品：无法确认。

特异点：除独生子外，韩石熙检察长全家去亲戚家做客，家里没人。

吴京泰是犯人的证据：信箱上的指纹，撬保险柜的说法，目击者韩世奎的证词。

海英一遍遍地看着写在白板上的资料。信号一定还会再传来。在此之前，他自己也要去找。像远处的某个点，绝对不夹杂任何感情去分析证据、证人和案件。像点，不要夹杂感情。

不知不觉天亮了，海英仍在分析案情。记录明显比昨天夜里多了，只是哪条都算不上线索。桂哲上班了，看到海英忙碌的样子，闷闷不乐地说道：

SIGNAL
信号［上］

一

"还在研究这个案子？该收手了。"

桂哲咂着舌头，似乎觉得不可思议。谁把这个丢到垃圾桶了？桂哲一边说话，一边不动声色地把文件递给海英。褪色的文件夹上写着"1995年高层官员连锁被盗案"。海英先是不明所以，终于还是明白了桂哲的用意。别看他一副无所谓的样子，其实对秀贤的死也是耿耿于怀。

海英连忙翻看调查资料。被盗用品目录之后，出现了目击者的陈述书：

目击者姓名，韩世奎，年龄21岁，第4次盗窃案受害者韩石熙的独生子，就读于明远大学法学系，初中和高中毕业于泰荣中学。

泰荣高中，泰荣初中。海英好像突然想起了什么，连忙上网搜索。他输入全部受害者儿子的个人情况，整齐地记录下来。

第1次受害者姜尚文会长的小儿子姜锡浩，年龄40岁，当时年龄20岁，右江大学经营系毕业，初中和高中毕业于泰荣中学。

第2次受害者高载明会长的次子高振宇，年龄42岁，当时年龄22岁，艺京大学法学系退学，毕业于美国伊利诺伊大学，高中和初中分别毕业于瑞民高中和泰荣初中。

第3次受害者张英哲议员的儿子张基周，年龄41岁，当时年龄21岁，芝加哥大学毕业，初中和高中分别毕业于正民初中和泰荣高中。

第4次受害者韩石熙检察长的独生子韩世奎，年龄41岁，当时年龄21岁，

CASE 3
大盗案
一

毕业于明远大学法学系,初中和高中毕业于泰荣中学。

海英终于觉得找到了线索。

4名受害者的儿子是从小一起长大的朋友,可以自由出入彼此的家门,而不会受到任何怀疑。他们当中的韩世奎做证说看到了吴京泰。唯一的目击者韩世奎,如果他的证言是假的呢?

"大家都是奉命行事,案子已经结了,你还调查什么?"

"你确定潜伏在这里,对吧?"

"当然。"

"9月10日夜,没有人从这里翻过去吗?翻到山那边?"

"翻过去就糟糕了,上面都是军人。"

1995年的材韩开始重新调查最后被盗的检察长家门前潜伏的警察、社区巡警、站岗战警。因为那个指认吴京泰的目击者,也就是检察长的儿子韩世奎的证词,怎么看都有些可疑。

那天伴着窗户破碎的声音,全体潜伏警察都跑出去抓犯人。刑警机动队一组朝东南侧公交车站方向,二组负责西侧哨所方向,管辖一组负责南侧游乐园方向,管辖二组负责西南侧小学方向。打开地图,画着线,任凭盗贼绞尽脑汁也找不到出口。

材韩决定直接去找目击者韩世奎。连续几天,材韩都徘徊在韩世奎家门前,等着和他相遇。

SIGNAL
信号 [上]

一

"韩世奎先生,知道我的名字吧?我和你联系过10多次,您都没有理我。"

"走开,我让你走开,没听见吗?"

"真够优雅,果然是有学问的人。感觉你是爽快人,那我就不寒暄了,开门见山吧。那天,你说你去卫生间时看到一个可疑的家伙。"

"啊,你这人真是讨厌。"

"这个问题很重要,所以我要重新确认。当时犯人是从东侧窗户跳出去的,对吗?那时候这里安排了几十名警察,却没有人看见这个家伙。"

"是的,可以了吗?"

韩世奎的回答刚结束,原本像赤链蛇一样笑呵呵的材韩立刻变得神情僵硬。

"喂,上次你说的可是相反方向的窗户,到底哪句是在说谎?"

韩世奎的脸上明显掠过慌张的神色。

"什么,你说的我听不懂……"

"本来就没有犯人吧?如果有,他根本无法逃离。你为什么说谎?"

"我和你没什么好说的,滚开。"

"为什么?因为你是犯人?"

慌张的韩世奎让司机把材韩拉走,然后回到家里。材韩想起恩芝说过的话。

"应该是个业余的……你们想啊,专业人士为什么要把事情搞这么大,平白无故招惹警察,那不是砸自己的饭碗吗……听说连赃物都没发现?这不是小心,而是没有渠道。"

"处理事情的方式很业余,不过太容易了,上天入地无所不能的富人家,

CASE 3

大盗案

一

保安措施可不是闹着玩儿的,岂是那么容易就突破了。会不会是熟人作案?"

吴京泰也在旁边帮腔。轻易进入家门的业余小偷,不会受到任何人怀疑的人,就是那个家伙,材韩确信他是犯人。急匆匆回到办公室,他便以韩世奎为核心重新展开调查。材韩连饭也顾不上吃,气喘吁吁地打开办公室的门。一个烟灰缸朝他飞过来。他本能地躲开,发现班长面红耳赤地站在面前。

"你疯了吗?那是什么地方,你随便可以钻进去吗?"

"什么钻进去,我是走进去的。"

"你在开玩笑吗?"

"这话应该我说,班长是在和我开玩笑吗?"

"你这话是什么意思?"

"我们是底层人物,上级让做什么就做什么,什么都不懂,所以没有察觉,但是班长你应该知道吧?刑警机动队、管辖组、巡查组在哪里潜伏,去哪儿追犯人,班长不是都很清楚吗?"

材韩把调查地图递给班长。

"请看吧。如果那天真的有人作案,他根本无处可逃。为什么没有抓到呢?因为根本就不存在需要抓捕的犯人,对吧?第4次受害者韩世奎,那家伙从头到尾都在说谎,谎称根本不存在的犯人往那边逃跑了!"

脸色铁青的班长立刻冷静下来。

"总要抓到犯人,案子才能了结。"

"抓这名犯人的致命线索也是韩世奎的证词。如果他从头到尾都在说谎,那么我们就应该重新调查。"

"韩世奎是检察长的儿子,他为什么要说谎?"

SIGNAL
信号 [上]

一

"检察长的儿子嘴上戴测谎仪了吗？"

"别一大早就让人沮丧，倒胃口。"

"给我发搜查证。仔细搜查那小子的周围，肯定会有收获。如果韩世奎的证词是假的，那就需要翻案。"

"你以为是烙饼吗，说翻就翻？署长的脑袋差点儿保不住，好不容易才粘回去，上面也会睁一只眼闭一只眼。虽然很肮脏，很龌龊，可人生来就有等级，你明白吗？韩世奎说的话是证词，吴京泰说出来的话就是胡说八道。"

"你的意思是让我老老实实闭上嘴，看人脸色，在这种垃圾状态中？"

"如果你真的想翻案，就拿出证据来。没有确凿证据，就算你要死要活，也不会给你发拘捕证。"

材韩气急败坏地砸着桌子。

"啊，世界真美丽，真美丽！"

材韩多次去找吴京泰，吴京泰总是拒绝见面。只要片刻就好，他想当面向吴京泰道歉，然而吴京泰再也不肯向材韩敞开心扉。

材韩正郁闷地抓耳挠腮的时候，对讲机响了。

"李材韩刑警，您在听吗？"

"是我，怎么样了？京泰大哥怎么样了？"

"他杀了人，死的是……警察。大盗案呢？真凶抓到了吗？"

"确定嫌疑人了，可是只能到这一步，拿不到拘捕证，想要在嫌疑人身边寻找证据是不可能了。"

"难道……嫌疑人是目击者韩世奎？"

CASE 3

大 盗 案
一

材韩顿了顿。

"你怎么知道？"

"我看了韩世奎的目击者陈述书，发现了可疑的地方。刚开始他指认的是别人，最后变成了吴京泰。通常在这种情况下，受害者会有情绪波动，所以记不清犯人的长相，韩世奎却准确地说出了吴京泰的外貌特征。当时警察给他看的吴京泰照片还是10年前的老照片，韩世奎却准确地描述出了30多岁的吴京泰的面孔，这就更加重了证词的可疑性。"

"你的意思是说……"

"韩世奎在案发之前就认识吴京泰，所以把他当成靶子。"

"怎么会呢，吴京泰是有着3次盗窃前科的货车司机，不可能和韩世奎相识。"

"我不知道他们是怎么认识的，不过韩世奎肯定认识吴京泰。如果能知道他们两个人是怎么相识的，那就能弄清楚韩世奎到底隐瞒了什么。"

"吴京泰不肯见我。他绝对不会想见我的，绝对不会……"

"那么，我去打听吧。虽然已经过了20年，毕竟吴京泰还在。您在那里寻找证据就可以了。当时消失的赃物到现在仍然没有发现。也就是说，犯人盗窃不是因为需要钱。如果找到那些赃物，应该可以成为决定性的证据。"

"要去找的，必须找到。警卫，一定要说服京泰大哥，一定。"

"您也一定要把案子破了，拜托。"

两个人互相叮嘱一番，随后断了通话。

"心情怎么样，肯定有点儿难受吧？20年苦心设计的计划以失败告终。"

SIGNAL
信号［上］

一

吴京泰被传到调查室。他不肯去碰海英的目光。听海英这么说，吴京泰终于呆呆地看了看海英。

"现在，申东勋应该和女儿一起流下激动的泪水，幸福不已呢。"

愤怒的吴京泰用戴着手铐的手猛砸桌子，说道：

"你再提那兔崽子的名字，我就先弄死你。"

"不，你从一开始就弄错了，申东勋也是受害者。"

"受害者？我女儿死在他手上！"

"如果换成是你处在那种情况下，也会做出同样的举动。做错事的不是申东勋。你要报仇，也应该找准对象。就是把桥建成这个样子的家伙们！你应该找那些吹牛说桥很安全的人报仇。为什么？因为你不敢报复那些有权有势的人——建设公司会长、高级公务员。"

"你懂什么，敢胡说八道？区区警察懂什么？"

"是的，警察无能、龌龊，我也知道，跟你一样。不，我比你更切骨地感觉到了！可是，至少那名被你害死的警察不是的，你杀死了唯一理解你的警察！"

"理解我的人？这个世界上没有人理解我。"

吴京泰恢复了平静，悄悄转身想要出去。海英压抑着情绪，对吴京泰说道：

"还有真凶没抓到。"

吴京泰似乎不想听，继续向前迈出脚步。

"你的女儿恩芝……"

听到女儿的名字，他停了下来。

"让你在女儿恩芝死的时候无能为力的人……"

大盗案

一

吴京泰再次转头看着海英。

"那个利用警察组织把罪名扣在你头上的人,他应该受到惩罚。这才是真正的复仇。"

吴京泰的眼神不停地闪烁。他像钉在地上似的,一动不动注视着海英。

海英恳切地说道:

"那个真正应该受到惩罚的人,也许正在大快朵颐,过着逍遥幸福的生活。我们该让他为自己的罪行付出代价了。我会帮你的,只要你配合我,我就能抓到那个人。请帮我,那个人,我一定要抓到他。"

海英注视着吴京泰,眼神在颤抖。没有留下任何证据,吴京泰的记忆是能够救活秀贤的微弱希望。

"从现在开始,我想恢复你20年前的记忆。"

20年前的回忆,只有被人诬陷,经历惨痛事故之后的憎恨。吴京泰茫然地注视着海英。

"线索就在大盗案发生的1995年9月。从那年9月1日开始,只要跟那天有关,什么都可以说,想起什么说什么。"

"我什么都不记得了。"

"那试着从早晨开始吧。那天的气温是3摄氏度,凉风习习,天气晴朗。"

吴京泰在记忆里努力搜索。但是,时间过去了20年,琐碎的日常生活并不容易回忆。海英更焦急了。他努力按捺着焦躁的情绪,继续鼓励吴京泰。

"小事也可以,慢慢想。9月10日是星期日,周日一般都做什么?前一天是9月9日,你说中秋节之前一直在仁川那边工作,那么9月10日休息了吗?"

"中秋节第二天就工作了。那是快递最忙的时间,没空休息。"

SIGNAL
信号〔上〕

一

"那天你去哪儿送快递了?早晨应该去拿需要配送的快件,那天你拿到的是什么?中秋节,有可能是水果、鱼肉之类。"

"鱼……"

吴京泰隐约记起了当时的情景。

"那天我送的是鱼,桂寿洞,我去了桂寿洞。"

桂寿洞是高层官员聚居的地方,大盗案就发生在这个社区。吴京泰继续回忆。

"那天我去桂寿洞送鱼,迎面撞上一个学生。看着好像是那家的孩子。"

韩世奎。吴京泰说,他在搬运鱼箱的时候摔倒了,箱子里的鱼撒了满地。看到鱼在脚下乱蹦乱跳,韩世奎急忙用脚踢开,说道:

"啊,讨厌,好难闻,啊,脏死了。"

呼叫再次响起的时候,海英把事情经过从始至终告诉了材韩。

"就因为这个而把京泰大哥指认为犯人?因为这件事,韩世奎认识了京泰大哥,然后就做伪证说他看到了京泰大哥?这个王八蛋,只要不是他自己,随便指认谁都无所谓。"

"赃物呢?找到了吗?"

海英问道。

为了寻找韩世奎的盗窃证据,材韩连休息日也多方搜集情报。偶尔他会找来暗地里打探情报的地痞混混,请他们吃饭。

大盗案

一

"一件赃物也没流出来?"

"钟路这边的金店确定没有,鬼市的同行们,我认识的也没有人拿到货。"

"确定吗?"

"如果有赃物流出,最先知道的应该是警察,因为大盗案,警察都紧张着呢。"

很有道理。既然没有在市场上流通,那就还在犯人手里。他会藏在哪里呢?材韩觉得不可能放在家里,那太容易暴露了。除了家之外,还有可能放在别墅里。材韩去了韩世奎父亲韩石熙检察长名下的郊外别墅。

"你这是干什么?"

别墅管理员在门前阻拦,材韩出示了警察证。

"执行公务。"

没有搜查证,他必须尽快完成搜查。强行进入房间后,材韩急匆匆地把客厅、卧室、厨房橱柜等可以打开的地方都打开看了。衣柜和被子里面也仔细翻看过,什么都没有。这时,外面响起了警笛声。

"搜查证都没有,你这算什么?我报警了,你自己看着办。"

材韩急忙出来。到底藏在哪里呢?他又去了银行。近6个月,韩世奎的个人保险柜没有委托新物品。韩世奎常去的高尔夫球场和体育中心的储物柜,他也偷偷打开看了,同样一无所获。想起这期间的事情,材韩就感到恼火。

明明知道真相,却无能为力,现实令人郁闷。未来会有更好的世界在等待吗?材韩郁闷地大喊起来,质问海英:

"赃物、证据、证据、证据!真的,只要有搜查证,唉……啊,真是的,

SIGNAL
信号〔上〕

一

你那里也是这样吗？只要有钱有势就可以胡作非为，养尊处优？"

海英想起下班路上去过的律师事务所，韩世奎在那里工作。明晃晃的建筑物、高档进口轿车，已经40岁的韩世奎在秘书们的陪同下走了出来，看上去非常干练。他没有勇气描述韩世奎富足优越的样子，张不开口的时候，材韩又问道：

"毕竟过去20年了，总会有些变化吧，是不是？"

"是的，变了，比起当时有变化。我们可以……让这个世界有变化。"

材韩听出了海英的意思，脸色黯淡下来。海英试图从吴京泰的证言里寻找蛛丝马迹。

"犯人需要您去抓，这里不行。"

"车是什么颜色？"

"红色，怎么了？"

材韩等候在韩世奎家门前，和海英通话的时候，他看到韩世奎的车开了过来。韩世奎走出黑色的汽车。材韩隔着窗户看他，悲壮地说道：

"应该可以抓到他，不，一定要抓到。"

材韩接着说道：

"每天严严实实躲在自己家里的小老鼠，怎么才能抓到呢？韩世奎是权势人家的儿子，不会颁发搜查令的。不过，他也是不谙世事的小老鼠，只要稍做试探，自己就会跳出来。"

"您说得对，对方是业余选手，不会藏得多么谨慎。家里危险，不会藏在家里，其他人难以靠近，只属于他一个人的空间最有可能。"

CASE 3
大盗案

一

"其他人难以靠近，只属于他一个人的空间，随时可以转移，又有保存赃物的空间……比如，汽车。"

通话之后，材韩厘清了头绪。第二天早晨，他朝正在停车的韩世奎的司机走去。

"哎哟，年轻人的车这么大？赶上我们家卫生间了。"

"说什么呢？"

"除了这个，别的在哪儿？富家少爷的座驾不可能只有一辆吧。"

司机脸上掠过一丝明显的惊慌，却还是若无其事地回答说：

"只有这一辆。"

"听说除了这辆黑色的，还有另外一辆，很华丽，红色。"

"你让我说几遍啊，只有这一辆车。"

"好吧，就当只有这一辆。要是被找出来，那就有意思了。辛苦了。"

材韩装作无可奈何的样子，转过身去。从那之后连续几天，他不但跟踪韩世奎，还观察司机的动静。没多久，机会来了。

一天夜里，满脸紧张的司机在韩世奎家门前察看四周，然后开着韩世奎的车出发了。材韩迅速跟上。司机去了别墅，开着黑车进去，又开着红色的汽车出来。材韩只打开暗淡的前灯，继续跟踪。郊外的国道荒无人烟。经过几条弯弯曲曲的路，红色汽车停在水库旁。那是一片齐腰高的芦苇丛。司机熄火下车，环顾四周，仔细观察动静之后，开始把车往水库里推。汽车缓缓移动，司机正要使出最后的力气，突然——

SIGNAL
信号 〔上〕

一

"啊！"

灯光照亮了司机的脸，就像在舞台上被灯光聚焦，只有汽车和司机在黑暗中变得明亮。材韩迅速走过去，给司机戴上手铐。

"我什么也不知道，我只是按照上面的命令做事。"

司机吓坏了，恳求材韩。材韩置若罔闻，打开了后备厢。灯光移到后备厢里。材韩苦苦寻找的大盗案证据，乖乖地、干干净净地保存在里面。材韩从司机手中接过钥匙，驱车驶向警察署。

伴随着发动机的轰鸣声，高档进口轿车驶入警察署。值班的警察们好奇地聚集过来。刑警机动队一组的班长也来了。走下驾驶席的是材韩。他没有理会周围的人，而是打开后备厢，里面有个大大的箱子。材韩对同事们说道：

"打开看看吧。你过来。"

材韩拿出装有赃物的大箱子，拉过副驾驶上戴着手铐的司机。他让司机站在旁边，冲着旁边的班长大声说道：

"确凿的证词，加上这些证据，足以颁发搜查证了吧？管他是什么检察长的儿子，对吧？"

班长找不到借口，不得不给材韩发了搜查证。材韩径直去了位于桂寿洞的韩世奎家。他不想发生争执，所以没按门铃，而是等待老鼠自己从家里钻出来。准备外出的韩世奎看到材韩和刑警机动队的警察，顿时停下脚步。材韩赶忙给韩世奎戴上手铐。

"韩世奎，你因为参与桂寿洞连锁盗窃案而被逮捕了。你有权保持沉默，也有权委托律师。"

CASE 3
大盗案
一

面对突如其来的状况，韩世奎面无血色。材韩趴在韩世奎耳边窃窃私语：

"别看你有个懂法律的父亲，不过这次恐怕也难了，因为赃物上出现了你的指纹。"

早晨的上班路上，那个懂法律的检察长父亲被记者团团包围，接受了风暴般的提问。电视新闻中，韩石熙检察长的面孔充满整个屏幕。

"轰动大韩民国的高档住宅连锁盗窃案——大盗案的另一名嫌疑人今天下午被警察逮捕。嫌疑人韩某是首尔中央分院检察长韩某之子，与被盗高层家庭保持着密切的关系，而嫌疑人利用这种关系做出犯罪行径，令人震惊。"

检察长的儿子花费巨资聘请律师，说得好像他从开始就决心要自首。对于这个案子，律师做出了这样的陈述：

"我的委托人韩先生，在吴某被冤枉逮捕之后陷入深深的自责，寝食难安，终于追随良心准备自首，正在这时他被逮捕了。受害者们期待圆满的协商结果，而这场混乱的根源只是年轻人单纯的好奇心，考虑到以上因素，我相信裁判部一定会做出合理的判决。"

韩世奎被判有罪，考虑到他是初犯，而且能深刻反省自己的罪行，最后只判了六个月拘留，而且缓期两年执行。这么容易就被谅解的罪过，然而被冤枉的吴京泰却因此失去了女儿，失去了活下去的希望。不过总算抓到了犯人，为恩芝了却心愿，也让蒙冤的吴京泰恢复了自由。好几天了，材韩终于可以放松地深呼吸了。尽管恩芝不能死而复生，但是抓到真凶，至少可以阻止另一次委屈的死亡。改变过去，就可以改变未来。必须改变。一定要改变。可是你回不来了，对不起，恩芝。材韩在心里向恩芝深深地谢罪，然后准备

SIGNAL
信号［上］

去找吴京泰。这时却传来了令人遗憾的消息。

吴京泰因为真凶被捕而出狱，却用凶器刺向汉营大桥倒塌时抛弃恩芝只救自己女儿的申东勋。再次隔窗而坐，材韩红着眼睛大声说道：

"我真是白忙活了，早知道你杀人坐牢，我就不用帮你洗脱罪名了！"

"那个家伙为他的罪过付出代价，我为我的罪行付出代价。"

"为什么，为什么只有你是这个样子，一切都恢复原样了，为什么只有你还是老样子，为什么这么执着？真正的坏人会忘记一切，无忧无虑，为什么只有你过成这个样子？为什么！"

正如材韩怒吼的那样，一切都回归到原来的样子。韩世奎好像什么事也没有发生，恢复了贵公子的生活；警察们也回归到各自负责的案子。汉营大桥倒塌事故和大盗案也不再出现在新闻中，不再被人们关注。人们渐渐适应了汉营大桥施工而绕行的烦琐，不再责怪任何人。恩芝却再也没能回来。

海英在长期未破案专项组办公室里熬了通宵，突然被喧闹声吵醒了。他揉着眼睛，迷迷糊糊地抬起头来。

"哎呀，所以说，浓缩咖啡机的重要性……"

"别说了，看这里，这些案子，我们要解决五大洋案。"

坐在白板前的献基和桂哲好像什么事也没有发生，依然你一句我一句地斗着嘴。

"车秀贤刑警呢？"

海英小心翼翼地问道。桂哲和献基怔怔地看着他，似乎不明白他为什么

CASE 3
大盗案
一

要问这个。

"车秀贤刑警啊。"

桂哲和献基互相看了一眼,献基先开口了:

"车秀贤刑警,她不是请病假了吗?"

海英立刻看向秀贤的位置。办公桌上依然摆放着熟悉的蝙蝠侠相框。

"你们不是在一起的吗?"

桂哲的话听起来不可思议。突然,海英脸色都变了。他像个看到好东西的孩子,神色豁然开朗,紧接着便笑出声来。他满脸笑容地站起来,说要出去一趟,转身就跑了。

海英直接去了秀贤的家。一定要亲眼见到才能有真实感。听说有年轻男人来找女儿,秀贤的妈妈显得有些兴奋。她欣喜地把海英迎进房间。房间装饰得甜美可爱,一看就是只有女人住的地方,又像有小孩似的稍显凌乱。这时,不知从哪儿传来一阵枪声。

"嘟嘟嘟嘟嘟,姨妈死了。"

"哦哦,好,死了。"

"姨妈,尸体怎么可以说话呢?"

"对不起,姨妈病了。"

海英往声音传来的方向看去,是秀贤。她穿着粉红色的运动服,盖着粉红色被子,躺在粉红色的床上,正探出头来。海英难以置信,盯着秀贤看了许久。过了一会儿,秀贤猛地坐起来,大声吼道:

"干什么?没见过人生病吗?"

SIGNAL
信号〔上〕

一

秀贤若无其事地穿上衣服走了出来。她跟妈妈说单位有急事，所以后辈来找她，要出去一下。妈妈拦住她，问病人出去能干什么。秀贤躲开妈妈的阻拦，好不容易离开家门，上了海英的车。

秀贤不停地咳嗽，擤鼻涕，眼睛通红，看样子病得很重。海英一边开车，一边为秀贤还活着而感到新奇，不停地看她。

"你总看我干什么？"

海英担忧地问：

"没事了吗？再休息一段时间会不会更好？"

"你看我像是需要休息的样子吗？"

海英又看了看秀贤。警察这种职业就是时刻与危险相伴，他为秀贤感到心疼。现在，她能在身旁呼吸，总算是谢天谢地了，只是这种危险随时都有可能发生。

"又怎么了？"

"你后悔过吗？警察这个职业多危险啊。"

海英突然这么严肃地问自己，秀贤觉得反常。

"你今天是怎么了？"

"每天面对罪犯，结了婚也不能过平凡的生活。"

"好了，在前面桑拿房门口停车。"

"什么？"

"我说转弯之后停车。"

车停在桑拿房门前。

CASE 3
大 盗 案
一

"不要因为我不在就胡闹,下个案子不管是什么,都要拼命写调查计划。"

秀贤走进桑拿房。海英开车去教导所民怨室找人。

"他叫吴京泰,服刑期间死亡。您能告诉我他是怎么去世的,埋葬在什么地方吗?"

教导官带着海英来到教导所后面的小山。山坡上连个坟头都没有,荒凉的土堆上插着4块墓牌,其中一块就是吴京泰的。墓牌上简单地写着"吴京泰 1958~2000"。

"没有坟头,也没有墓碑,就这些吗?"

"没有亲戚,也没有家人,无人认领的尸体只能这样处理。"

过去变了,只是世界依然不公平。

没过多久,大盗案的真凶韩世奎就被释放了。材韩恼羞成怒。

"韩世奎这个兔崽子只是出于好奇心,哪有因为好奇心而盗窃3户人家的疯子?这像话吗?"

"唉,算了。"

"不仅这些,赃物中还有没被发现的呢。检察官也不好好调查,就这么蒙混过关了。我得和班长说一下,可他一整天都联系不上。"

"现在不是讨论这件事的时候。"

"去办公室看看吧,哎哟。"

听到正济的话,材韩朝办公室跑去。进去一看,气氛果然不同寻常。班长正在整理行李。

SIGNAL
信号 [上]

一

"这是在干什么?"

"我们这些人,人家让滚就得滚。"

"什么意思?我们做错什么了,连个通知都没有,就把人赶走?"

"啊,吵死了,没见过警察调动吗?"

"是韩世奎吧?韩世奎是不是还有别的事情?他不会单纯因为好奇心干这种勾当。另有原因,对吧?"

班长看了看材韩,压低声音说道:

"你,知道振阳市吧?"

"当然知道,不就是刚建的新城吗?"

"汉营大桥倒塌事故调查组调查汉营大桥的施工单位,也就是世江建筑集团,查出了与振阳市开发相关的政治圈、财阀圈相互勾结的大规模腐败,仅仅涉及的资金就有几兆。这次被盗的3户人家都跟这个案子有关系。更重要的,韩世奎偷走的赃物中包括能证明他们腐败事实的决定性证据,不知道韩世奎是有意而为之,还是不小心拿到手的。"

"可是并没有公开啊,监察部门已经停止调查了,不是吗?"

"你就假装不知道吧。这个案子不是刑警机动队的警察可以插手的范围,明白吗,李材韩?多保重,就这些。"

这时,金范周开门进来了。30多岁的金范周脸色阴沉,冷嘲热讽地对班长说:

"还没走吗?"

"来得真快,大家打个招呼吧,接下来代替我的人,金范周班长。金班长,

CASE 3
大盗案
一

我的人就拜托你了。"

"没能管好自己手下而被赶走的人，竟然拜托我照顾你的手下。就因为你太软弱，才落得这个下场。不用担心，我会好好管理手下的。"

班长似乎觉得没有必要理会金范周的话，收拾好箱子往外走。材韩追了出去，金范周叫住了他。

"你是李材韩吗？我最讨厌这种人，像一条自以为是胡作非为的泥鳅，把一池子水都搅浑了。"

跟随班长出去的材韩听到金范周的话，停了下来。他叹息着说：

"也不知道怎么搞的，这个肮脏的世界，即便人们都想安安静静，世界也还是不肯放过人们。味道太难闻了。抓住韩世奎，按理说应该获奖庆功才对，却在这个时候炒了班长的鱿鱼，取而代之的是上面养的猎狗。看来这里面一定隐藏了什么内幕。"

金范周的目光变得冰冷。

"不用担心，我一定不辜负你的期待，好好胡作非为。"

秀贤重新回归业务，为了调查新的未破案而寻找资料，常常忙到深夜。她端着咖啡到楼顶吹风，海英找来了。

"天气这么冷，你吹什么风啊？"

"那你又为什么跑出来呢？"

"感冒好了吗？"

"别拿感冒说事儿，丢人。"

SIGNAL

信号〔上〕

一

"好好保重身体,不要生病,不要受伤。像你这个年纪,首先要身体健康,才能嫁得出去。"

"你找死是吧?"

"还记得那时候你说的话吗?"

"什么话?"

"我问你,如果从过去传来无线呼叫会怎么样,当时你是这么说的吧:即使变得糟糕,也要试着去做,总比因为没做而后悔要好。可是我感觉好像不对。这种呼叫还是不接为好。真的有可能毁掉一切。"

"是吗?也有这个可能。"

秀贤顶着冷风喝了口咖啡,似乎感觉很爽快。她望着夜空,脸上露出淡淡的微笑。看着秀贤,海英想起这段时间的往事,爆炸事故和躺在太平间里的秀贤。如果不抓到真凶,就不可能见到1995年的材韩。都是自己的错,他没有说出口,然而秀贤差点儿因为自己的呼叫而丢命,这种自责感令他痛心。

海英在办公室里坐了很久,思考通话"为什么"会开始。没有找到答案。他只是看着对讲机,下定决心以后不再用了。那天,大家都下班后,时针指向23点23分的时候,对讲机的信号音响了。

"朴海英警卫,是我,李材韩,你在听吗?韩世奎被逮捕了,但这不是结束。韩世奎,并不是单纯出于好奇心。赃物不见了,一条钻石项链,那里面藏着巨大的秘密。"

材韩急切地转达案情。海英静静地听了一会儿,开口说道:

"李材韩刑警……您曾经说过吧,这个通话不该开始。"

CASE 3

大 盗 案

一

"警卫……"

"我不知道这个通话为什么会开始,也不知道为什么偏偏选中了我们两个人。现在,我觉得我们应该停下来了。"

"这是什么意思?"

"世界并不会因为我们的努力而有所改变。它只会自己改变。这次也不例外。一名无辜的警察差点儿死了。"

"等一等。你那里应该可以知道,知道赃物在哪里,调查一下吧,拜托了。京泰大哥因为韩世奎落得多么悲惨!"

"一定,要注意安全。"

"警卫!警卫!我不知道这个通话是哪里出了差错,但是只要犯了罪,不管钱多钱少,有没有后台,都应该付出代价。这难道不是我们警察该做的事情吗?"

材韩又叫了几次。对讲机已经关机了。海英把自己保存的有关材韩的人事记录簿和失踪事件调查报告书放入文件破碎机。静静地看着落入袋子的纸片,海英关掉对讲机,也扔进袋子,然后送到了垃圾场。

海英扔掉袋子,毫不留恋地转身。这时,一个人从黑暗中出现,打开了那个袋子,从里面翻出对讲机。那人是安治守。安治守面无表情地打量着对讲机。当他看见电话下面的微笑贴纸时,不由得卟了一跳。那是以前李材韩用过的对讲机。

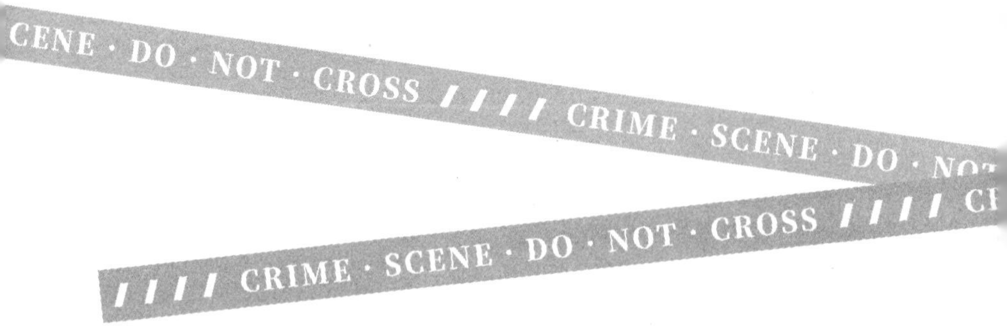
CENE · DO · NOT · CROSS //// CRIME · SCENE · DO · NOT
//// CRIME · SCENE · DO · NOT · CROSS ////

CASE 4

申多惠自杀事件

📍首尔市

1995 年 12 月

如果感觉委屈,那就拼命调查去吧!
反正你也抓不到我。
大韩民国是个很好的国家,对吧?

CASE 4
申多惠自杀事件
一

"零点五，准备好了吗？"

"是的！"

"出发。"

尽管已经成为刑警机动队唯一的女警察，然而车秀贤毕竟还是新手，距离真正的警察还有很远的距离。她连汽车都不会开，前辈们说她顶不上一个人，所以叫她"零点五"。那天也是一样。秀贤正在警察署门前的停车场练习机动车驾驶。负责教她练车的材韩坐在副驾驶座，满脸怒容。我为什么偏偏输了石头剪刀布，非要给零点五当跟班，为什么？秀贤也不知道材韩的心思，兴致勃勃地发动汽车，开始驾驶。

"噢，前进了！"

秀贤兴奋地喊道。就在这时，汽车熄火了。秀贤露出恐惧的神色。材韩郁闷地喊道：

"喂！抬起离合之后马上踩油门！"

"是，我再试一次！"

这次汽车只驶出100米。

"零点五？你连零点三都不到。"

气愤的材韩训了秀贤几句，然后下车走向旁边看热闹的同事们。秀贤默默地练起了挂挡。

"把她赶走吧，没用。"

"长得漂亮啊。"

"没看到吗？连汽车都不会开，还能加入重案组？"

SIGNAL
信号 [上]

—

"配个司机不就行了。"

"她是贵妇吗?再说了,不是说轮流教她吗,怎么每天都是我?反正我不管,我现在没时间教她开车。"

这时,秀贤驾驶的车辆朝着发牢骚的材韩飞奔而来。

"啊,躲开!"

秀贤避开了材韩和其他警察,好不容易在柱子前踩了刹车,哭丧着脸从车上走了下来。

一场混乱结束了。回到刑警机动队的办公室,秀贤给警察们冲咖啡。她想跟材韩表达感谢,却又不好意思只冲一杯,于是冲了好几杯。她察言观色,小心翼翼地把咖啡递给材韩。

"放了两块糖,两盒伴侣。"

"我只喝罐装咖啡。还有,你是咖啡厅服务员吗?要当警察的人了,为什么不去做侦查准备,还在这里给大家分咖啡?你想表现给谁看?醒醒吧,你!"

秀贤很失落,闷闷不乐地没有说话。尽管这样,她还是感谢材韩。他从不把她当成"刑警队吉祥物"看待,而是一视同仁。作为警察,她从具有警察风范、充满正义感的材韩身上学到了很多。虽然他不善表达,性格木讷,但是懂得关心别人,对秀贤的事也很认真。这样的材韩看起来比任何人都酷。秀贤喜欢材韩,刑警机动队的前辈们都知道,只有材韩自己不知道。这一点秀贤也很喜欢。

秀贤去小卖店买了罐装咖啡。她很想表达自己的谢意。她想让材韩知道,

CASE 4
申多惠自杀事件
一

自己有多么感激。"感谢你每次都做我的司机,前辈。"她在字条最后画了个心形,然后又擦掉了。她把字条叠起来,放在总是堆满调查资料的材韩办公桌上,再用咖啡罐紧紧压住。本想直接离开,可是好奇心促使她又看了一眼。尊敬的前辈的办公桌,文件堆下面是个旧对讲机。警察署里已经不再使用这种电话。

"不要乱碰,那是材韩的符咒。"

正济从旁边经过,对秀贤说。

"符咒?"

秀贤拿出放在警察证后面的黄色微笑贴纸,贴在对讲机下端,然后像贴纸一样偷偷地露出微笑。

"零点五。"

秀贤惊讶地转过身,安治守站在后面。

"好久没人这么叫我了,好开心。"

"我们聊聊从前的事情,怎么样?那个微笑贴纸是你贴上去的吧?李材韩的对讲机。"

时隔20年,竟然还有人认出那个贴纸!秀贤吃惊不小。

"这个对讲机,怎么突然……"

"你在国科所是出了名的,一有骸骨运来,你就跑过去看。不过寻找李材韩的不止你一个人。"

"什么?"

信号〔上〕

SIGNAL

一

"朴海英在调查李材韩。"

"朴海英?"

"他明明白白地问过我,认不认识振阳署重案组的李材韩刑警。"

"朴海英怎么会认识前辈……"

"家人亲戚当中没有人和李材韩有关联,李材韩失踪的时候,朴海英还是个十几岁的小孩子,不可能认识。朴海英委托人事科职员秘密找来李材韩的人事记录簿,如果他们认识,没有必要去找人事记录簿。既不认识,又没有任何关系,他却在暗中调查李材韩……好奇怪,组长对组员的行踪全然无知,那可怎么行啊,对吧?"

离开安治守,秀贤回到办公室,开始观察海英。看到现在可以敞开心扉和组员们一起点餐的海英,秀贤像下定决心似的说道:

"朴海英,你……你呀。"

"怎么了?车刑警不喜欢蛋包饭吗?"

"不,不是的,我有话要问你……"

没等秀贤开始问,恰好有人来找她。

"请问这里是长期未破案专项组吗?啊,您好,车秀贤刑警?"

那个人刚进来就认出了秀贤,上前问好。

"您是哪位?"

"以前见过一次面,您看来是不记得了。20年前,您和一位男刑警来过,那位男刑警名字叫李材韩。"

听到李材韩的名字,海英本能地说:

"李材韩刑警?"

CASE 4

申多惠自杀事件

一

"怎么？你认识？"

"不，和我认识的警察名字一模一样。这位好像是有事，请讲吧。"

秀贤疑惑地望着海英。他一定隐瞒了什么。到底是什么呢？一定要问清楚。她和前来找自己的男人交谈起来。

"我是摄影师金敏成，前不久在电视上看到您，说您破了京畿南部案子。"

"然后呢？"

男人叹了口气，接着说道：

"我想来想去，除了您，我想不起来还能向谁求助。"

他小心翼翼地拿出一张女人照片，放在桌子上。

"这是我20年前去世的未婚妻，她叫申多惠，是一名演员实习生。我在摄影棚做助理的时候第一次见到她。那段时间她很艰难，但是非常努力。也不知道怎么回事，她突然自杀了，尸体是在湖里发现的，只留下一张遗书。"

"那你来找我的原因是？"

"帮我找到这个女人。"

旁边的桂哲吓了一跳，插嘴说道：

"你是要找回20年前去世的女人？"

"对，20年前多惠自杀了，我也以为是这样。"

金敏成把另一张照片放到桌子上。

"这是20年前最后见面那天的照片。这是我们经常约会的咖啡厅。"

照片上的咖啡厅位于郊外，很漂亮，宛如欧洲小城堡。庭院很大很宽阔，建筑四周都有玻璃窗，可以看到外面的风景。建筑物的边角覆盖着牵牛花，尽头的窗边坐着一个年轻漂亮的女人，正在静静地喝茶。

SIGNAL
信号 [上]

一

"多惠自杀后,我偶尔也去那里。20年过去了,那里变旧了,不过那个位置还在。几天前,我又习惯性地去了那个地方。可是那天,就在多惠曾经坐过的位置,一个女人正以同样的姿态低头看书。我立刻想起20年前的那天,于是拿出相机,当我转动镜头要聚焦的瞬间,女人抬起头来。是多惠。我急忙按下快门,惊讶之余,我就僵在那里,什么也没做。等我回过神来跑进去的时候,那个女人已经消失不见了。"

金敏成把这次拍的照片放在桌子上。专项组成员们聚集到桌子前。原来以为金敏成是在胡说八道,可是照片上的女人和20年前照片上的女人的确很像,说她是申多惠也不奇怪。

"这就是我新拍的照片。我觉得多惠应该还活着。帮我找到多惠,找到这个女人,拜托了。"

"小姐,这是从哪儿得到的?"

"别人送我的礼物。"

"看来男朋友很有钱啊?不过,为什么要卖掉呢?"

"不想买就算了。"

"八张。"

"八……百万?"

"小姐真是不了解行情,至少可以拿到八千万,这个!"

"几天前,一个年轻女人拿着钻石项链来到金店。那是一个水滴钻,我觉得像是大盗案丢失的赃物。"

CASE 4
申多惠自杀事件
一

听了情报员的汇报,材韩去了钟路金店。老板看了看赃物目录照片,说就是那条项链,一个20岁左右的女人带来的,他也觉得有点儿奇怪。

材韩看着监控画面,听老板讲述当时的情景。他似乎发现了什么,按了暂停。

"这个,这是什么?黑色的。"

"啊,这个,从项链盒子里翻出来的。"

当时,老板看到女孩的打扮,觉得信不过,就打开盒子找质保书,不料从里面发现了软盘。女孩似乎也不知道,不过还是把软盘放进自己的包里。材韩想起班长离开之前说过的话,韩世奎偷出的赃物中有一件决定性的证物,能够揭穿与振阳市开发相关的大规模腐败行为。会不会就是这个软盘呢?

"那个软盘,被那个女孩带走了吗?"

"是的。"

"女孩有没有留下什么?比如名字或者联系方式什么的。"

"留下一个联系方式,不过是空号。"

"空号?"

"本来我也知道,那不可能是真实的联系方式,带着这种物品来的人,谁会留自己的联系方式啊?"

材韩首先撕下了写有电话号码的账簿。早在几天前,就有人跟踪他了。现在他也知道,金店外面有人正盯着自己。肯定是那些试图隐瞒腐败行为的人,也许是金范周班长派来的。他们一定会再来这里,调查自己做了什么,然后向金范周报告。如果他们把钻石项链的消息报告了金范周,那他们又会彻底隐蔽,案子也就不了了之。自己做了什么,发现了什么,绝对不能让

SIGNAL
信 号 ［上］

一

金范周知道。材韩向金店老板提了一个要求。

"老板，请把监控视频删除，这张纸我带走了。"

"好，反正也是空号。"

电话号码32后面的数字有涂抹的痕迹。这种情况下，32之前很有可能是自己的号码。材韩叫来秀贤。金范周调任班长后，刑警机动队办公室里洋溢着奇妙的气氛。所有人都看着班长的脸色，静静地做自己的事情。没有人在意坐在角落里却还用隔板遮挡着的秀贤。没有重大案件，每个人都很忙，所以没有人给新手秀贤安排任何工作。秀贤坐在那里，无所事事。

"零点五，到停车场来，练习驾驶。"

"啊……是！"

秀贤兴高采烈地跟着材韩出去了。金范周正在看报纸，悄悄地注视着两个人的身影。最近，他正在监视给自己带来麻烦的材韩，包括他的一举一动。回头看以前的事情，问题的核心总有李材韩。本来可以睁一只眼闭一只眼的事情，因为他的搅和而闹得沸沸扬扬，真是令人头疼。世间总是存在着法则和常理。他明明一无所有，却自以为是，肆意妄为，简直就是眼中钉。

材韩避开金范周的视线，离开办公室。他让秀贤坐上驾驶席，假装让她练车，朝外面开了出去。

"你不在位置上，也没有人注意吧？"

"真的是这样吗？"

秀贤惊讶地瞪大眼睛，反问道。

"女值班室有电话吧？"

"有倒是有，干什么？"

CASE 4
申多惠自杀事件
一

"我要找一个电话号码,最后两位数字和实际号码不一样。你挨个儿拨一遍试试,找到有20多岁女人居住的家庭就行了。"

"就这些?"

"啊啊,喂!看前面,刹车!"

秀贤吓了一跳,又熄火了。材韩叹了口气。这件事交给她真的能行吗?

"怎么?做不到?"

"不!和真实号码不同的电话号码,20多岁的女子,信息足够了!"

"这是绝对机密,只有你和我知道。"

"是!"

秀贤很兴奋。刚回办公室,立刻朝女值班室跑去。"这是绝对机密,只有你和我知道",前辈的话在耳边回荡。一定要做好,一定要帮到前辈。秀贤笑呵呵地拨起了电话。

尽管只是寻找最后两位数字,然而工作量也非同小可。换着数字不停地拨打,不知不觉,笔记本上已经标满了×。秀贤顾不上疲惫,打电话直到深夜。

"找到了!"

再次在汽车里见面的时候,秀贤把笔记本递给了材韩。那上面写着她找到的电话号码,还有首尔市龙山区珍水洞的地址。女人名字叫申多惠。

"两位数不同的电话号码有100个,其中24个是家庭号,只有5户人家有20来岁的女人。"

材韩接过秀贤的笔记本,很感震惊。她的果断、严谨和处理速度简直超出想象。还以为她什么都不会做,原来她也在成长。秀贤心满意足,嘴角掩饰不住笑意。材韩说去市中心练车,朝申多惠家驶去。

SIGNAL

信号〔上〕

—

"喂,你留在车上。"

"是我找到的,我想看看我找的人长什么样。"

材韩无话可说,大步朝坡路上面走去。秀贤跟在后面,缠着材韩告诉自己找谁。材韩一直没有说话。突然,他发现了什么,猛地停下了脚步。山坡上的人家挂着丧灯。材韩和秀贤急急忙忙地跑过去确定地址。正是珍水洞的地址。

家里正在举行葬礼。遗像上正是材韩白天在金店监控视频里看到的女人。祭桌前坐着两个身穿丧服的女人,看上去应该是申多惠的妈妈和姐姐。20多岁的金敏成悲痛不已,好像丢了魂。逝者是年轻人,按理说葬礼不该这么冷清和安静。

从申多惠葬礼回来的第二天,李材韩去了发现赃物的地方,韩石熙检察长的别墅。管理员认出材韩,慌张地解释说赃物的案子和自己没有关系。材韩不由分说,把申多惠的照片拿给他看。

"认识这个女人吧?这个女人和韩世奎到底是什么关系?韩世奎偷的赃物在这个女人手里。她出入过这个别墅,对吧?世奎的女朋友?"

"哎哟,那个大流氓会有女朋友吗?不过是玩玩儿罢了。"

管理员好像豁出去了,详细解释韩世奎和女伴们到别墅里鬼混的情形。

"每天喝酒,玩女人,年纪轻轻的,玩得那个龌龊。每次收拾残局,我都落下病了。"

"后来这个女人又来过吗?大盗案发生之后,赃物保存在这里的时候?"

"来过一次,自己来的。"

CASE 4
申多惠自杀事件
一

"自己?"

材韩确信,申多惠就是那时候拿走了赃物!

金敏成离开专项组之后,桂哲和献基干脆把他当成老年痴呆患者。秀贤却不一样。

"从照片来看,的确和他死去的未婚妻很像。"

献基觉得秀贤不可思议,连连摆手说:

"随着摄影的角度和光线变化,不同的人也可能看起来很像。"

"当然了!不仅如此,20年还没有忘记一个人,可能吗?这可能吗?除非那个人欠了他钱。"

桂哲也帮腔。

"忘不掉也是有可能的。"

秀贤的表情意味深长。

"怎么可能?公交车和女人都是过去之后5分钟再来,不是吗?"

献基越说越离谱,桂哲阻止了他:

"你不要这样,还有车刑警,你也不要这样。"

"什么?"

"照片的事,我坚决反对。"

向来安静的献基也提出了反对意见:

"我也反对。尸体不是已经火化了吗?严重缺少科学依据。"

"拍下照片的咖啡厅里或许会留下证据。"

SIGNAL
信 号〔上〕

"每天进进出出几十个客人,怎么可能留下证据?"

献基是检测员,听了他的话,秀贤仍然不服气:

"不去找怎么能知道?"

"好了好了,人家的爱情游戏,咱们就别跟着胡闹了。五大洋案,五大洋,这才是真正的未破案。"

桂哲转移话题也没有用。

"如果那个人说的属实,那么从湖里发现的就是身份不明的横死者的尸体。那么,这又是一个未破案。"

桂哲和献基反对到底,秀贤的倔强也不容小觑。

"哈,真是说不通啊,朴海英分析师呢?反对吧?"

"当然了,肯定会反对呀,纯情画风不适合现在的年轻人。"

面对献基和桂哲的追问,海英思考片刻,对秀贤说道:

"你和李材韩刑警是怎么认识的?"

"你为什么对前辈的事这么关心?"

"前辈?"

"以前在刑警机动队工作的前辈。"

"为什么参加那个女人的葬礼?"

"你在审问我吗?"

"我是因为这个案子才问的,去申多惠家是为了什么?"

"详细内幕我也不知道,只听说是在寻找赃物。"

"赃物?具体是什么赃物,你问过吗?"

CASE 4
申多惠自杀事件
一

"一条蓝色的钻石项链。"

海英想起上次材韩提到的失踪赃物。他说这里面藏着更大的秘密。如果是真的，这个案子肯定与韩世奎有关。这时，感到有些不安的桂哲也插嘴了：

"啊，为什么总是对这件事刨根问底，让人不安？我们不会去调查，对吧？"

海英好像没听到桂哲的话，板着脸继续问秀贤：

"当时是大盗案真凶韩世奎被逮捕之后吗？"

"对。"

"可以试一下。"

桂哲和献基坚决反对，海英提议举手表决。结果是秀贤和海英赞成，桂哲和献基反对。正在打扫卫生的黄义警加入进来，说道：

"我可以赞成吗？"

"你算干什么的，用得着你来赞成吗？"桂哲训斥黄义警。秀贤笑着说道：

"他是'零点五'，2.5∶2，我去见家属，郑献基收集证据，前辈调查申多惠生前账户、信用卡。朴海英，你跟我过来一下。"

秀贤把海英带到走廊尽头。

"我说讨吧，我不和有秘密的人一起工作？所以你要实话实说。"

"啊……又来了。"

海英避开秀贤的视线，不耐烦地回答。

"你怎么知道李材韩前辈？"

面对秀贤的追问，海英极力保持镇静，搪塞着说道：

信号〔上〕

一

"刚才不是说了吗?跟我认识的人同名。"

秀贤的眼神里充满疑惑,默默地注视着海英。

"不是说要去见家属吗?我去见负责这个案子的警察就可以吧?那我先走了。"

安治守说得很清楚,朴海英在找振阳署的李材韩。他为什么要找李材韩前辈?这次海英又是敷衍搪塞,没有正面回答。他和李材韩前辈到底是什么关系?这里面肯定藏着秘密。

海英急忙离开办公室,前往梅江警察署寻找当时负责此案的警察。见面以后,海英以从管辖署得到的调查资料为依据,提了几个问题。

"听说最早的发现者是一名渔夫,通过尸体钱包里的身份证号确定了死者身份。"

"和上面写的一样。"

"尸体应该严重腐烂了,家属怎么确信就是自己的家人呢?"

"身上的衣服和遗物都是死者的。"

"有一点我想不通。死者申多惠的家在首尔,到这里有一个半小时的车程。她在睡衣外面加个外套,就来到这么远的地方?"

"是的,当时我对这点也最疑惑。我想可能不是自杀,所以建议尸检,没想到家属强烈反对。"

"家属?"

与此同时,秀贤正在首尔某咖啡厅里和申多惠的家人见面。20年前见过的申多惠的姐姐,当时还穿着丧服。

CASE 4 申多惠自杀事件 一

"现在还跟母亲一起生活吗?"

"是的。"

"我想见一见您的母亲,可以去您家里看她。"

"母亲身体不好,在住院。"

"那我可以去医院看她吗?"

突然,申多惠的姐姐严肃地摇了摇头。

"这不行,我母亲的身体状态很差,住在重症室。"

"那我就问您几个问题吧。您说亲眼见到了申多惠的尸体,那么请问您怎么确认那是您妹妹的呢?"

申多惠的姐姐避开秀贤的视线,似乎不想和她对视,语气却是斩钉截铁:

"身高、头发长度都很像,身上的衣服也是我妹妹的。"

"我可以看一下申多惠小姐留下的遗物吗?"

"不能,都烧了。"

"什么?所有的遗物都烧了?"

"是的,妈妈太痛苦,所以烧掉了。很遗憾没能帮到您。"

申多惠的姐姐像被人追赶似的匆忙离开。秀贤觉得事有蹊跷。究竟隐瞒了什么呢?难道是因为给母亲治病而疲惫不堪,无力回忆痛苦的往事?

秀贤空手而归,刚刚见过负责警察的海英在办公室里等着她。

"不是自杀。"海英坚定地说道,"自杀通常选择与感情有关或者有特殊意义的场所,而申多惠和梅江水库毫无关系。如果她为了自杀而故意去湖边,那就不是偶发性自杀,而是有计划的自杀。可是她只是在睡衣外面披了一件

信号〔上〕

一

外套。总之,没有一个细节能说得通。最大的可能是有人杀死申多惠,然后伪装成自杀。家属也很奇怪。法医都建议尸检,家属却强烈反对。这里面肯定隐瞒了什么。"

"金前辈打听到了什么?"

"我调查了申多惠的账号和信用卡,没有什么特别之处。"

"会不会没查仔细呢?"

"我仔细查了!既然不相信我,那就不要派我去。不过,收获还是有的。"

"什么?"

"申多惠的没有查出什么,申多惠亲姐姐的账户却有异常。申多惠死亡两周之后,她姐姐的账户里转入5000万。当时,申多惠的姐姐申贞惠没有稳定工作,平时账户余额只有几十万元,为什么偏偏在那个时候得到那么多钱?"

"一定有原因,我们要找出来!"

献基去了金敏成说见到申多惠的咖啡厅,正在收集证据,秀贤打来了电话。

"桌子、椅子、门把手都检查过了,上面重叠了几十个人的指纹,什么也查不出来。我说过吧,不可能查出来的。"

"试试其他方法,肯定有问题。"

秀贤和海英去了献基所在的咖啡厅。

"桌子、4把椅子、落在地上的灰尘都查过了,没有。"

秀贤郁闷地四处张望。线索肯定藏在某个地方。咖啡厅让人感到安逸,

CASE 4

申多惠自杀事件
一

也是很多人很多事共存的场所。无数的故事里分明存在着他们需要的那个。秀贤一件件仔细查看，意外地在书架上看到一本外版书。看上去很眼熟。她拿出金敏成留下的照片，认真观察，和照片上的女人看的书一模一样。一本德语书。

"您好，请问这本书是店里的书吗？"

秀贤向咖啡厅服务员询问书的来历。

"啊，不是，这是客人落下的书。"

"女客人吗？"

"是的。"

"哪一桌的？"

服务员指了指靠窗的座位。

"那张桌子。"

献基接过书，检测封面上的指纹。不一会儿，他把验出的指纹输入笔记本的指纹检测系统，立刻显示出指纹主人的名字。看到屏幕，专项组成员们不由得哑然失色。

"那个男人说得对。"魂不守舍的秀贤，只是从嘴角漏出一句话，"申多惠没死。"

组员们重聚在小公室里，再次启动指纹检测系统。结果还是一样。桂哲好像难以相信，提高嗓音说道：

"这像话吗？死去的女人怎么会还活着呢？那么20年前死去的人是谁？不是吗？郑要员，你再试试，这也太奇怪了。"

SIGNAL
信 号 〔上〕

一

"结果准确无误,会不会是当时的警察弄错了?"

"不可能的。当时从溺亡尸体上发现了申多惠的身份证,不可能是偶然落入那个人的口袋里。"

"那就是说,有人故意把尸体伪装成申多惠?"

如果这是真的,那么很可能不是单纯的自杀。海英回答说:

"我就说嘛,这个案子不是自杀,而是他杀。"

"你为什么这么情绪化?虽然没有证据能证明自杀,但也没有证据能证明是他杀。"

听秀贤这么一说,海英的心情立刻变得复杂了。他建议去找申多惠。

"能够回答所有问题的只有一个人,那就是申多惠本人。找到这个女人,就能知道20年前究竟发生了什么事。"

"藏了20年的女人,我们到哪里去找?"

秀贤自信满满地说道:

"没有人知道,她才能藏得住,现在我们知道这个女人还活着。活着的人必然会在某个地方留下痕迹,我们找到这些痕迹就行了。最奇怪的是申多惠的家人。前辈以姐姐申贞惠为中心,继续调查其家人的各种记录。"

桂哲无可奈何地叹了口气,开始了调查。秀贤也去了申多惠未婚夫金敏成的摄影室,以获取更多关于申多惠的信息。海英则去了申多惠生前工作过的演艺策划公司,面见公司代表。

桂哲首先调查申贞惠。账户记录、信用卡、邻居都调查过了,没有发现与申多惠有关的疑点。母亲生病的确是事实。申多惠的母亲患了肝癌,做了

CASE 4
申多惠自杀事件
一

肝脏移植手术,住在重患者病房。

秀贤去了摄影室。摄影室位于半地下,稍显冷清。金敏成有些紧张,暗暗猜测秀贤是不是找到了申多惠。不愧是以摄影为主题的工作室,旁边放着各种各样的道具,巨大的灯和摄影装备摆放有序。一看就知道主人性格清爽,而且爱惜自己的物品。

"找到多惠了吗?"

"还在调查,在此之前我们需要您的协助,需要您提供20年前更多关于申多惠的信息。申多惠小姐是个什么样的人?"

金敏成突然站起身来。他从旁边的陈列柜里拿出一个箱子,里面装着几十盒录像带。盒子上贴着话剧的剧名,《哈姆雷特》《樱桃园》《恋马狂》《万尼亚舅舅》《高加索灰阑记》《在底层》,等等。

"这都是多惠练过的剧目,里面录下了多惠的声音。她说要矫正发音,经常咬着笔录台词。自己念过的台词,一遍又一遍反复认真检查。她要打工赚生活费,还要一大个落地努力练习。除了表演,她什么都不顾了,心里只想着表演。"

"那么,有没有人和申多惠小姐结过仇怨呢?"

"没有,她不是那种害人的性格。不过,当时她和经纪公司的人有点儿矛盾。"

"经纪公司?"

"我没听她亲口说过。自从她去了那里之后,我也听说过那是什么样的地方。在业界很有名。她进入那家公司后,我经常看到她哭。不过我没有说,

SIGNAL

信号［上］

一

因为我不想伤害她的自尊心。这是我最后悔的。我不该假装没看到,我应该给她更多安慰才对。如果是这样,或许她不会自杀,这让我经常感到内疚。"

海英在地方小城见到了20世纪90年代盛极一时的经纪公司老板,如今已经成为掉牙老虎的李光才,追问申多惠的情况。

"申多惠?我手下的艺人有几百名……怎么可能记得呢?不知道。"

看来是敬酒不吃吃罚酒,海英只好揭露事先准备好的李光才的弱点。

"诈骗、贪污、暴力,性质恶劣啊。特长就是对柔弱无力的演员实习生进行敲诈勒索。"

李光才慌了,终于勃然而起。

"你想干什么?一大早这么倒霉……"

海英冷静地对李光才说道:

"如果你不想再加上非法赌博的罪名,还是先坐下吧?"

李光才这才像死了心似的坐回去。海英说道:

"人是轻易不会改变的,当时应该也是这样吧。你究竟对申多惠做了什么心虚的勾当,才矢口否认自己认识她?"

"有什么心虚的,我都是为她们考虑。她们到哪里去找那么有钱的人?阔家少爷们喜欢和漂亮女人一起玩,女孩子陪少爷们玩玩儿,就能赚到很多钱,也很开心,你好我好大家好嘛,虽然玩耍的方式有些肮脏……不仅喝酒,吸毒上床也是最基本的。申多惠也是一样,只是价格贵了些。她坚持不肯喝酒……不过对方就喜欢她这点。"

CASE 4
申多惠自杀事件
一

不会是韩世奎吧？

愤怒的海英用低沉的嗓音，冷冰冰地问道："谁？ HK律师事务所的韩世奎律师？"

李光才好像被人发现了天大的秘密，慌忙避开海英的视线。

"场所，就是韩世奎私藏大盗案赃物的别墅吗？梅江水库附近的别墅？"

"你怎么知道的？"

"大盗案发生的时候呢？那时他们也在做那种勾当吗？1995年9月，好好想想。"

"20年前的事了，不太记得……"

"要不要给你戴上手铐，帮你想起来？"

"啊啊，好的，我说我说，在这之前局面就已经彻底破裂了，少爷之间的关系出现了裂痕。"

李光才说，其他三名少爷在威胁韩世奎，让韩世奎请他的检察长父亲帮忙掩盖自己父亲的腐败事件。韩世奎知道父亲不可能听自己的话，就拒绝了。那几名少爷眼见劝说不成，就威胁他，要把他吸毒后拍的性交视频交给警察。

检察长之子韩世奎，威胁韩世奎的国会议员之子、财阀之子，用来威胁的性交视频，韩世奎盗窃的目的是为了偷出那些视频。这是海英听完李光才的回忆之后做出的推理。他不知道视频在三家中的哪家，只好挨家去翻一遍。为了假装成盗贼，他连贵金属也偷了出来。这就说得通了。海英立刻给秀贤打电话。正在和金敏成对话的秀贤请求对方谅解，接起了电话。

"韩世奎，就是这个混账。"

信 号 [上]

一

"你在说什么?"

"你说那条钻石项链在申多惠手里,是吧?都是因为那条项链。韩世奎,这个王八蛋,仗着自己父亲有权有势,干了那么多无耻的勾当,现在却逍遥法外。我绝对不会放过这个王八蛋。"

"喂,朴海英!那条项链怎么了?"

还没等秀贤问,电话已经断了。秀贤向金敏成道歉。

"对不起,我得走了。不过那条项链,后来没有发现吗?"

"当时我就告诉您了,我没见过那个东西。"

"周围没有可能帮她保管项链的人吗?"

"您说的怎么跟那位警察一模一样啊?就是李材韩刑警,葬礼结束后,他又给我打过一次电话。"

"前辈?"

"是的,他连夜来到多惠的出租房找我。"

材韩和申多惠的未婚夫金敏成一起查看这个失去主人的出租屋。抽屉、衣柜都空了。到处都翻过了,什么东西都没有。

"我在电话里说过了,什么都没有。多惠出事后,她姐姐来收拾她的遗物,全部拿走了。"

"周围没有可能帮她保管项链的人吗?"

"是的,没有。"

"她的遗物中有没有一张软盘?"

"多惠不会用电脑,没有那种东西。"

CASE 4
申 多 惠 自 杀 事 件

材韩说话的时候,总是往家具下面看。突然,他像发现了什么似的抬起衣柜。一个女人的证件照。照片上的人不是申多惠。

"这是谁?"

"啊,是智姬小姐。"

"智姬小姐?"

"演员实习生,多惠的老乡。偶尔有试镜的时候来首尔,就住在多惠这里……"

"最近来过吗?"

"是的,大概一周前来过。"

"能告诉我她的联系方式或者地址吗?"

金敏成把写在笔记本上的地址和联系方式递给材韩。材韩径直去了金智姬的家,却没有见到她。

"多惠介绍她到我们摄影室拍照,当时留的联系方式。20年了,不知道还有没有用。"

秀贤听金敏成讲述20年前和材韩之间的往事,顺手抄下了旧笔记本上的金智姬地址。

"这位后辈来参加葬礼了吗?"

"葬礼?没有,当时应该太忙碌了,没顾得上联系她。"

听了金敏成的回答,秀贤似乎找到了某种线索。谜底找到了。她的眼里闪烁着光芒。

"要不然绝对不可能不来的。"

SIGNAL
信号 [上]

一

摸到头绪的秀贤告别金敏成,回去的路上给留在办公室的献基打电话,让他调查"金智姬"这个人。献基在电子查询系统输入原来的地址,屏幕上弹出照片、过去的记录和出入境记录。

"姓名金智姬,1976年出生,父母去世于1995年,没有兄弟姐妹。1995年12月前往德国,后来一直居住在德国。两周前,通过仁川机场回国。"

"确定是德国吗?"

"是的,确定。"

秀贤想起在咖啡厅发现的外版书。那是一本德文书。根据献基汇总的信息来看,金智姬留在出入境管理局的韩国地址应该是酒店。

"金智姬小姐上周已经退房了。"

"有没有寄存什么东西,或者留下联络方式?"

"没有。"

"我想看看金智姬小姐住过的房间。"

"每天都打扫卫生,不会有留下的物品。"

秀贤在房间里看了看。客房打扫得很干净,没有住过的痕迹。奇怪。金智姬藏了20年,突然回国。究竟是为什么,为什么会这样呢?秀贤叹了口气,往窗外看去,却发现了意外的线索。医院!是医院。申多惠的妈妈,还有移植手术。

秀贤立刻赶往桂哲潜伏的医院。申多惠的妈妈在那里做了手术,还在住院。

"怎么突然问起申多惠的妈妈了?"

CASE 4
申多惠自杀事件
一

"现在还在重患者室吗?"

"说是正在恢复,还要再观察几天。"

"移植手术是什么时候做的,你问过吗?"

"6天前。不过她住在重患者室,绝对禁止探望,我一次也没见过呢。"

"我想见的不是申多惠的妈妈。"

秀贤找到值班护士,亮明身份,询问给申多惠妈妈捐赠肝脏的患者病房。护士说是618号病房。结果,两人在门口遇到了意料之外的人。申多惠的姐姐申贞惠。看到秀贤,申贞惠大吃一惊,急忙关上病房的门。

"您怎么到这里……"

申贞惠看起来非常虚弱,好像马上就要晕倒似的。

"我还想问呢,申贞惠小姐来这里干什么?我知道这是为申贞惠母亲捐赠器官的患者病房,您是来道谢的吗,还是来看一直以为死了的妹妹?"

申贞惠低下头,回避秀贤的视线。看到申贞惠的反应,秀贤几乎确信无疑了。

"您请回吧。"

"需要活人而不是脑死亡患者提供器官的时候,通常最先考虑家人是否愿意捐赠器官,申贞惠小姐应该也是这样的吧。您的血型不符,而且以前曾经得过病,所以不适合移植。不料,器官捐赠者突然出现,还是在遥远的德国。"

"拜托了。"

申贞惠苦苦哀求。秀贤继续说道:

信号 〔上〕

一

"检查结果显示,血型一致,所有的项目都合适,就像亲人。怎么会有这种可能呢?因为6天前为申贞惠小姐的母亲提供肝脏,躺在病房里的器官捐赠者金智姬,就是20年来虽死犹生的申多惠小姐,也就是申贞惠小姐的妹妹。"

申贞惠紧闭双眼,绝望地呼了口气。桂哲在旁边听秀贤说完,立刻绕过申贞惠身旁,猛地打开了病房的门。躺在病床上的正是借用金智姬之名的申多惠。

"终于见到您了,金智姬小姐,不,应该叫申多惠小姐吧?"

申多惠吓坏了,一句话也说不出来。一切都结束了。申贞惠瘫坐在病房门前。几分钟过去了,桂哲忍不住催促道:

"啊,说句话吧,这到底是怎么回事!"

"20年前死去的是金智姬小姐吗?两个人是怎么更换身份的?"

申多惠紧闭嘴巴,好像不会说话似的,也不去看桂哲和秀贤的眼睛。

"20年前一定发生了什么事,对吧?不要隐瞒,尽管说出来。"

申多惠低头沉默了一会儿,终于开口说道:

"一切,一切都是因为我。"

申多惠和盘托出。

"我去取录像带的时候,韩世奎正一个人在看视频。视频上出现了混乱的酒桌和我被强迫的场面。他喝得半醉,正笑着看视频。我之所以去那个残酷的地方,是因为他说要把录像带给我。谁知他再一次变成了禽兽。我转头反抗,韩世奎说不好玩吗,于是拉着我去了车库,说要给我看更好玩的。

"车库里停着韩世奎平时耀武扬威的蓝色进口车。他用手臂紧紧搂住我

CASE 4

申多惠自杀事件
一

的脖子,拉开后备厢里黑色箱子的拉链,里面装满了一捆捆的现金和珠宝盒。韩世奎得意扬扬,仿佛给我看一眼就是天大的恩赐。他说,像你这种寒酸的人到哪儿能见到这些东西。然后回到别墅,他喝了酒,吸了毒。没多久,韩世奎睡着了,我趁机离开了别墅,拿着韩世奎的车钥匙。

"我又去了车库,像韩世奎那样拉开后备厢里黑色箱子的拉链,从中拿出一件,就是他向我炫耀过的最大的那条项链。当时,那条项链就像是能够把我救出黑暗现实的黄金绳索。

"不久,韩世奎因盗窃罪被捕。我好担心警察会来抓我,每天都像在地狱里……没过几天,我看新闻说韩世奎被释放出来了。那天韩世奎给我打电话,问我是不是偷了他的东西,让我趁他好话好说的时候快点儿送过去。我不同意。我不想再见到他。我说我要去自首。

"我说了很多豪言壮语,然后挂断了电话,可是我很害怕,总觉得他马上就会找到我家里。我一边练习剧本,一边克服恐惧,好不容易撑过去了。可是那天夜里,韩世奎来了。"

秀贤和金智姬,不,和申多惠见面交谈的时候,海英去找韩世奎。韩世奎正在高档而华丽的酒吧里和女人们喝酒。

"韩世奎律师,人缺少创意了吧。20年过去了,怎么还是同样的玩法?"

韩世奎不悦地皱起眉头,随后跟上来的保安向他道歉,拉着海英就要往外走。海英甩开他们,继续笑着说道:

"20年前申多惠拿走的赃物,记得吧?蓝色钻石项链,怎么样,还要我

信 号 [上]

一

继续说下去吗?有人听着也无所谓?"

"你们出去吧。"

韩世奎使了个眼色,保安和女人们都出去了。

"你是谁?"

"首尔厅长期未破案专项组朴海英,我在调查20年前的申多惠自杀案。不,不是自杀,而是他杀,应该说是杀人案吧?我查过当时的调查资料。受害者穿的是睡衣,被害地点应该是家里,作案时间是夜里,如果是因为单纯抢劫或盗窃造成的偶然杀人,不可能费力地拖走尸体,所以犯人和受害者应该是熟识的关系……"

"你现在,想和我说什么?"

"请听我说完。犯人企图伪装成申多惠自杀的场面,不过受害者只在睡衣外面穿了件装有身份证的外套,可以看出其作案手法非常拙劣。很可能犯人当时因吸毒或饮酒而失去正常思考能力,导致判断力低下。当时你习惯性地吸毒吧?"

"你这是……"

韩世奎的眼神在颤抖。

"这种情况下,犯人通常会选择自己熟悉的场所去抛尸,比如别墅附近的梅江水库。"

"你在威胁我?"

"不,怎么会是威胁呢,我在陈述事实。如此拙劣的案子,连尸检都没有,就以简单的自杀结案了。警察敷衍完了这个案子。刚正不阿的韩石熙检

CASE 4
申多惠自杀事件
一

察长也无法让儿子成为杀人犯吧？含着金钥匙出生，有爸爸做后盾，挥金如土，对不谙世事的年轻女孩进行性侵犯？是的，虽然肮脏，虽然恶心，但我可以睁一只眼闭一只眼。"

韩世奎的脸色变得越来越狰狞。海英厌恶地看了看他，咬紧牙关说道：

"为了偷出龌龊的录像带，你扫荡了狗屁朋友的家，演了一出好戏，由此毁了一个人的一生……虽然令人发指，但还可以理解成你不得已而为之。不过，杀人可不行。"

海英步步紧逼，恨不得把韩世奎生吞活剥。韩世奎呆呆地看着海英，僵硬的脸渐渐放松，继而露出笑容。

"那又如何？"

听到韩世奎狡猾的回答，海英怒火中烧。他想起含冤死去的恩芝和吴京泰，想起自己的哥哥。只能沉默、忍气吞声的大多数，他们的处境太委屈了。韩世奎满不在乎，还在讽刺挖苦："你能把我怎么样？"

"对，是我杀的。那个浑丫头不知天高地厚，竟敢随便碰我的东西，所以我把她杀了。你能把我怎么样？把我送进监狱？我是律师，大韩民国最好的HK律师事务所的律师。你没有事先告知我有拒绝陈述的权利和请律师辩护的权利，所以我的陈述没有法律效力。如果感觉委屈，那就拼命调查去吧！反正你也抓不到我。总有漏洞可钻。大韩民国是个很好的国家，对吧？"

不能任他胡作非为。海英气得浑身发抖，咬牙切齿地盯着韩世奎，最后冷静地说道：

"大韩民国最好的律师事务所的律师，果然不同凡响。原来我还以为你

SIGNAL

信号〔上〕

一

脑子里装的都是屎呢。凭借老头子的背景，拿到了合伙人的头衔，但是好几年了，一点儿业绩都没有吧？接过几个案子，彻底搞垮了当事人，从那之后连提成都拿不到了，是不是？"

听到海英的挖苦，韩世奎的情绪立刻激动起来。

"你这个兔崽子！"

"用你装了屎的脑袋准备为自己辩护吧。我就算被炒鱿鱼，也要把你送进监狱，罪名就是杀人。"

"我不该直接告诉朴海英。他又不管不顾地去找了韩世奎，现在怎么办呢？我们简直就是抱着炸弹生活啊。"

桂哲话音未落，海英走进了专项组的办公室。

"你长没长脑子？为什么要去找韩世奎律师？现在事情闹大了。"

听着桂哲的牢骚，海英一头雾水。看到板着脸进来的安治守，他顿时明白了。

"是的，我去找韩世奎律师了，这是什么大错吗？"

"为什么要去？"

海英以为对方会勃然大怒，没想到反应如此平静，这让他颇感意外。面对安治守出人意料的反应，组员们反而更加小心翼翼。

"肯定有原因，不是吗？"

秀贤急忙站了出来。

"是我下令调查的。1995年梅江水库发现一具溺亡尸体，当时以自杀结

CASE 4
申多惠自杀事件
一

案。前不久又出现了许多线索,让我们怀疑是他杀,还有目击者看到了杀人现场。根据目击者的证词,最大的嫌疑人就是HK律师事务所的韩世奎律师。请允许传唤韩世奎律师接受调查。"

"对方是HK律师事务所,没有确凿的证据,传唤调查的事想都不要想。"

"有证据。"

秀贤从证物袋里拿出录音带。这是在病房里听完申多惠的陈述之后,从姐姐申贞惠那里得到的。

从申多惠那里了解到她冒名金智姬的生活经历,秀贤问她有没有证据证明自己说过的话。如果没有证据证明韩世奎杀死了金智姬,那么情况就对申多惠非常不利,而且假冒金智姬生活了20年的申多惠很容易引起别人的怀疑,认为是她杀死了金智姬,顶替了金智姬的身份。申多惠吓坏了,说自己绝对没有做过这种事,但是没有根据的说法解决不了任何问题。这时,姐姐申贞惠颤抖着说道:

"证据……我有,是我整理多惠的物品时无意中发现的。我担心把这个交出去,多惠活着的事就会被人发现,所以没跟任何人说过。"

申贞惠保管的证据是一盒磁带。磁带里录下了那天夜里发生在申多惠家中的事情。

申多惠和同为实习生的金智姬并排躺着练习剧本;两个人睡觉时的呼吸声;翻身的声音以及"咔嗒"声,被子发出的沙沙声;扑腾扑腾的挣扎声,韩世奎自言自语的声音,"你竟敢动我的东西"。和申多惠在病房里的陈述完全

SIGNAL
信号〔上〕

一致。

"我们都在睡觉,迷迷糊糊的,韩世奎开门进来了。他的手里拿着一个很大的旅行箱,走到床边扭住脖子。我都看到了。因为躺在床上的不是我,而是智姬。

"那天智姬要参加试镜,住在我家。我正好害怕,幸好有智姬陪我。她来我们家,经常穿我的衣服。那天洗完澡,她也是换上了我的睡衣。我们像往常一样练习台词,然后一起睡觉。我口渴,醒了一会儿,韩世奎就在这个时候出现了。他像畜生一样咆哮着说'你竟敢动我的东西',疯狂地勒紧智姬的脖子,直到智姬不再挣扎,彻底断气。

"我紧贴在冰箱后面,大气也不敢喘,这一切我都看到了。韩世奎把死去的智姬塞进大旅行箱里,然后从梳妆台上拿走了项链盒。我和智姬算不上特别亲密,但她是个好女孩。我却无力阻止。我太害怕了,如果我出去了,我说不定也会死。我太害怕了,不敢出去。韩世奎走后,我连夜跑到妈妈家藏起来。我吓得不知道该怎么办了。妈妈接到警察的电话,说发现了我的尸体,说我死了。那时我就决定了,我要以金智姬的身份活下去。"

证据磁带播放的时候,安治守用自己的手机录了音,然后和金范周一起找到韩世奎,把录音放给他听。很久以前,韩石熙检察长的儿子韩世奎就很不好对付,大盗案当时,也就是20年前他还很年轻的时候也是一样。金范周从巡警成长为侦查局长的过程中,韩世奎的父亲发挥了不可忽视的作用。无论如何,他必须摆平这件事。按理说应该传唤韩世奎,所以金范周先来找他,

CASE 4
申多惠自杀事件
一

对情况做了梳理。

表面看起来就是一顿普通的晚饭。几杯酒下肚,韩世奎寒暄了几句。听到录音内容的时候,他冲两个人大发雷霆。金范周说事情已经过去20年,照片、案发现场都消失了,证据也没有法律效力。听到这句,韩世奎终于爆发了。对他来说,警察厅侦查局长并不是什么可怕的人物。

"局长,自由心证主义,不懂吗?证据的证明力取决于法官的自由判断。你是判官吗?"

韩世奎理直气壮。他们之间的关系像甲方乙方,名为侦查局长的金范周卑躬屈膝,对待下属的态度无影无踪。安治守只是在旁边听着两个人的对话,面无表情。

"到不了法官那里,给您添麻烦了,很抱歉。我会好好处理,不会让您操心。"

"目击者呢?叫什么名字?"

韩世奎不耐烦地问道。

"一个名叫金智姬的女人。目击者的证词也只是间接证据,专项组想要的……"

"喂,金局长!让证据和证词失效的人不是警察,而是像我这样的律师。你管不好下属,把事情弄到这个地步,还有话要说吗?快去采取有效措施吧,记住了吗?"

面对韩世奎的理直气壮,金范周只能用力点头。专项组想要的是口供,所以他劝韩世奎千万不要接受传唤。韩世奎却很自信。

SIGNAL
信号［上］

一

"哎呀，既然那么想让我去，那我必须去啊。垃圾似的家伙竟敢招惹我？我要光明正大地证明自己无罪，给那个叫朴海英的兔崽子扣上滥用职权罪、损毁名誉罪，我要把他踩在脚底。我做律师该做的事，局长你做好警察分内的事。你说有目击者？这种琐碎的事也要我一一操心吗？"

金范周说自己会在能力范围内把事情办好。

"我就说咱们应该去办五大洋案。人要是倒霉，喝凉水都塞牙。嫌犯不是别人，偏偏是韩世奎，绝对不会来的。"

专项组组员发出传票之后，开始等待韩世奎。桂哲说韩世奎绝对不会来，海英确信他一定会来。

"韩世奎性格冲动，情绪化，而且超级自卑。他绝对无法容忍输给比自己身份低的人。他会来的。"

"哎哟，厉害厉害，怎么不铺个席子坐下？弄不好就是赌博了，真不明白你为什么要把事情搞这么大。"

桂哲担心事情越来越复杂，最后又要写报告书，便冲海英发牢骚。正在这时，献基跑了进来。

"来了！"

"不会吧……"

桂哲难以置信。

"是的，HK律师事务所韩世奎律师来了。"

包括海英在内，所有的专项组成员迅速跑向调查室。韩世奎真的来了。

CASE 4
申多惠自杀事件
一

"好，上钩了。"

海英给秀贤打电话说：

"韩世奎来了。"

秀贤的眼睛闪闪发亮。这下好了。

"知道了。"

"目击者呢？"

"快到了，不用担心，继续进行。"

海英挂断电话，走进调查室。几天前，韩世奎张口闭口说什么拒绝陈述权和律师辩护权，这次海英清清楚楚地念道：

"韩世奎先生，阁下可以保持沉默或拒绝回答问题。阁下不会因为拒绝陈述而导致礼仪受损。阁下放弃保持沉默的权利，所做的陈述可以在法庭用作定罪的证据。阁下接受调查的时候可以请律师参与，可以接受律师的辩护。请问都理解了吗？"

韩世奎从容地坐着，简短地回答"是的"。

韩世奎心里有底，面带厚颜无耻的表情，若无其事地接受调查。

"1995年在梅江水库发现的溺亡尸体申多惠小姐，你认识吧？"

"是的。"

"申多惠小姐溺亡案在1995年被当作自杀结案。前不久有目击者出现，说申多惠是被人杀害的。据目击者称，韩世奎在申多惠家中杀害了申多惠。"

"这不是事实。"

"现在我给你播放的录音，据推测是申多惠小姐被杀当天，在申多惠小

信号［上］

姐家中录下来的。"

海英用事先放在桌子上的笔记本电脑播放音频文件。多惠的声音和玄关门被打开的声音，脚步声，被子的沙沙声，女人反抗的声音，还有韩世奎的声音："你竟敢动我的东西！"海英按了暂停键。

"这个音频文件中的声音是你本人的吧？"

"是的。"

"那就是说，你承认自己杀死了申多惠？"

"我只说是我的声音，没有说我杀了她。刚才你也说了，推测是在申多惠家里录下来的。我不知道这个证据从哪儿来，你能证明这是20年前在申多惠家里发现的证据吗？"

韩世奎露出从容的微笑。乖巧听话的权力走狗金范周开始进行韩世奎所说的警察的分内之事，阻止车秀贤，转移金智姬。秀贤在电话里听说韩世奎来了的时候，申多惠已经不见了。姐姐申贞惠说，有个男护士说警察在一楼等她，就把她带走了。秀贤本能地判断事情出现了纰漏，于是跑到中央监控室。

"我是首尔厅的警察，我在寻找一名患者。"

秀贤迅速浏览监控画面，发现一名男护士推着申多惠的轮椅下了电梯。

"这是什么地方？"

"8号电梯，地下4层停车场。"

秀贤风驰电掣般跑下去，在电梯前的过道里发现了空荡荡的轮椅。她正在迟疑的时候，后面有人扑了过来。正是那个带走申多惠的男护士。激烈的肉搏之后，秀贤被推到了停车场。她看到申多惠坐在一辆车里，正在后座上

CASE 4
申多惠自杀事件
一

拍打车窗。秀贤回过神来，朝着汽车跑去。男护士再次扑了过来。秀贤奈何不了对方，只好拿起旁边的灭火器，砸向男人的后脑勺，然后全速冲向汽车。好不容易坐上驾驶席，发动汽车，顺利驶出停车场，朝着韩世奎所在的警察厅调查室驶去。

调查室里的韩世奎还不知道这些，悠然自得地笑着。

"现在完了吗？还有需要问的吗？"

"是的，可以证明。"

"什么？"

韩世奎惊讶地问道。现在，朴海英的表情变得从容了。

"这个录音文件，可以证明它是20年前在申多惠家发现的证物。"

"可能吗？"

"音频还没有结束。"

韩世奎自信的脸渐渐扭曲。等在调查室外的金范周也很慌张。金范周小心翼翼地问安治守怎么回事，安治守也不可能知道。调查室里，海英继续说道：

"听到刚才的那部分，我们也没有信心证明。不过很幸运，后面还有线索，能够证明这里是申多惠的家。"

韩世奎惊恐地瞪大了眼睛。金范周和安治守紧张地咽着口水。海英再次按下暂停键，声音传了出来。翻找抽屉的声音之后是咣咣敲门的声音。"多惠，是我，敏成！在的话就回答一声！"接下来是韩世奎把尸体塞进旅行箱时发出的呻吟声和被子的沙沙响声。"怎么装不进去呢"，韩世奎的声音出现在音

SIGNAL
信号［上］

一

频中。韩世奎做了几次深呼吸,想让自己平静下来。

"刚才敲门声的主人是申多惠的未婚夫金敏成。我们已经得到他的证词,说那天夜里他去过申多惠的家。"

"什么呀,这都是怎么回事,啊……真是的。"

韩世奎气急败坏地说。海英缓缓地问道:

"怎么了?看来和以前听到的不一样啊?"

海英往金范周和安治守等候的调查室门外看去。

"奇怪,调查资料不可能外漏啊。"

金范周和安治守脸色苍白。正在这时,来了一个电话,金范周的脸色更加苍白。

"我不知道你听到了什么,不过这是真正的原始文件。这盘磁带可以证明音频的录制场所是申多惠的家。"

纹丝不动的韩世奎换了个姿势。他把拳头放在膝盖上,上身前倾,紧张地说:

"然后呢?"

"现在,该证明你在申多惠家里做了什么了。"

这时,有人敲门,门开了。进来的人是献基。脸上受伤的秀贤推着轮椅,跟了进来。申多惠。韩世奎认出了缓缓抬起头的申多惠,像见鬼似的挣扎着跳下椅子,连连后退。

"你,你……你怎么……呼……"

韩世奎吓坏了,呼吸变得急促,说话也结巴了。他在调查室角落里,盯

CASE 4
申多惠自杀事件
一

着申多惠反复打量,还是无法相信。他自言自语道:

"你当时不是死了吗?我明明把你杀死了。"

申多惠的眼眶红了。她忍着眼泪,对韩世奎说:

"不,你杀死的人是智姬。"

调查室外的金范周和安治守也脸色铁青。一切都完了。韩世奎无法接受眼前的现实,四肢瑟瑟发抖,身体难以自控。海英慢慢走到他跟前。

"谢谢,谢谢你亲口承认自己杀人。这次事先已经告知你有保持沉默和请律师辩护的权利,所以具有充分的法律效力。"

听到海英笑嘻嘻的讽刺,韩世奎突然换了表情:

"你们在干什么!干什么!"

望着歇斯底里的韩世奎,申多惠低下了头。直到现在,她对韩世奎依然心怀恐惧。秀贤抱住颤抖的她。韩世奎捶着墙壁,四处乱跑,最后冲向海英,抓住他的衣领大声吼道:

"你这个兔崽子,你算什么东西,你算什么东西!"

韩世奎失去理性,用拳头打海英的脸。他继续扔笔记本电脑,掀桌子,极尽捣乱之能事,调查室里乱作一团。韩世奎叫嚣着要杀死所有人,并举起椅子朝申多惠砸去。就在这个瞬间,海英和秀贤冲上来,给他戴上了手铐。

"放开我,这个放开我?我让你放开!"

韩世奎一边叫喊,一边看向调查室外的金范周和安治守,然而他们俩也只能眼睁睁地看着。

"韩世奎先生,你犯了损坏公物和妨碍公务罪、侮辱他人罪、暴力罪,

SIGNAL
信号〔上〕

一

又是1995年发生的金智姬杀人案的凶犯,现在依法逮捕你。你有权保持沉默,也有权请律师辩护。"

"你以为这样对我还能平安无事吗?我要把你们通通弄死,弄死你们!啊啊啊啊啊!"

巡警们走过来抓住他,带往拘留所。韩世奎还在发疯。秀贤紧紧抱住躲在角落里呜咽的申多惠,让她恢复平静。

申多惠回到医院,听到消息的金敏成赶了过来。这是时隔20年的重逢。金敏成慢慢走向不敢抬头的申多惠,默默地把她抱在怀里。两个人都哭了,仿佛要彻底抹除这些年的痛苦时光。看到他们两个人哭泣的情景,海英和秀贤同时想到了一个人:材韩。

"只要犯了罪,不管钱多钱少,有没有后台,都应该付出代价。这难道不是我们警察该做的事情吗?"

改变过去,就能改变未来。这是海英记忆里的材韩。已经15年了。说好等案子结束再谈,然后一言不发失踪多年。这是秀贤记忆里的材韩。

海英去病房的时候,申多惠说出了韩世奎宁愿杀人也要找到项链的原因。

"那个项链盒里藏着软盘,我猜测他是因为那个软盘才找项链的。"

"软盘?"

"我带着项链去金店,老板从盒子里发现了软盘,递给我。开始我不知道是什么,但是觉得可能很重要,就先放进包里了。"

"软盘里有什么内容?看过了吗?"

CASE 4
申多惠自杀事件
一

"没有，那时候我几乎不用电脑，所以……"

"那个软盘，现在还保留着吗？"

"不，没有了，以前交给了一位警察。"

"警察？"

"我去智姬家拿护照的时候，接到了警察的电话。"

1995年，大盗案结束，金范周成为新班长之后，材韩仍在继续相关的调查。凭着直觉，他判断出事情背后藏着更大的秘密。如果金店老板说的软盘在申多惠手里，说不定能从金智姬那里得到线索。材韩先给金智姬打电话。

"我是首尔厅刑警机动队的李材韩，您是金智姬小姐吗？"

这时的申多惠已经决定以金智姬的身份活下去，颤抖着回答：

"您有……什么事？"

"您认识申多惠小姐吧？申多惠小姐有没有让您帮忙保管什么东西，软盘之类？"

"不，没有。"

电话挂断了。材韩索性按照从金敏成那里得到的地址找到金智姬的家。家里没人，没有见到金智姬。材韩向附近的人们打听，让他们看金智姬的照片。所有的人都摆手说不知道的时候，正巧有社区超市的奶奶说，这几天都没见到金智姬。

申多惠简单买了些东西，正准备回去，却在路上看到了材韩。她停下脚步，急忙藏在胡同里，等着材韩离开。当时申多惠并没有做错什么，却非常害怕。她对海英坦承了自己当时的心境。

SIGNAL

信号〔上〕

一

"那位警察的名字是不是叫……"

海英小心翼翼地询问警察的名字。申多惠只记得那名警察在刑警机动队工作。

"当时我把软盘寄到了刑警机动队,所以记得。"

那时申多惠很害怕,觉得软盘在自己手里,警察还会不停地找自己。她按电话里得到的地址寄了出去。软盘寄到了材韩那里,只是没有交给他。

材韩出去调查的时候,金范周偷看了寄给材韩的信件。后来材韩得知情况去找金范周,包装已经被撕开了。

"哪个盗贼如此胆大包天,敢在刑警机动队里碰别人的东西?"

金范周手里拿着软盘,镇静自若地看着材韩,若无其事地说:

"本来我也正想找你呢,打个招呼吧,中央分检特殊一组的调查官们。"

调查官从口袋里拿出名片,递给材韩。

"我是中央分检特殊1组的吴承俊,正在调查与振阳新城开发有关的腐败事件,听说得到了重要证据,就过来了。这个软盘是怎么得到的?"

材韩疑惑地看了看调查官和金范周。金范周说:

"不要在这里猜疑,去检察院协助调查吧。你好不容易找到的线索,你的功劳必须得到认可才行。"

几天后,报纸头版头条就出现了"世康建设腐败""汉营大桥施工者非法幕后资金""世康建设理事长被拘留"等报道。金范周脸上露出血腥的微笑,好像在说"这下终于好了"。

CASE 4
申多惠自杀事件

一

金范周走出家门,迈着轻松的脚步准备上班。这时,一辆汽车发出巨大的轰鸣,朝他飞驰而来。金范周吓得连连后退,滚倒在地。汽车停了下来,从车上下来的人是材韩。

"你这是干什么!"

"我还想问你在干什么呢。我明明都听到了,张英哲议员、财信日报、汉阳集团都有关联。吞得最多的家伙都漏掉了,是吗?世康建设腐败?"

金范周似乎明白了。他笑了笑,继续装糊涂:

"我不知道你在说什么,软盘里只有世康建设的资料,这是全部。"

"那不是全部,被你删除了。像狗一样,对主人摇头摆尾!"

"那又怎么样?被狗咬的感觉如何?一下子清醒了吧?"

材韩恶狠狠地瞪着金范周,仿佛要置他于死地。

"不想干就走,我也不需要你这样的家伙。"

金范周悠然自得地转身离开,材韩冲着他的后脑勺喊道:

"从巡警开始,年纪轻轻就当上了刑警机动队的班长……真是找对靠山了!"

金范周停下脚步,慢吞吞地转过身。

"哎呀,房子也不错,这么大的房子值多少钱?区区警察,凭工资怎么能买上这样的房子呢?"

金范周的眼神慢慢变得冰冷,材韩也不示弱,盯着他说:

"我,不会走的。踩倒那个给警察抹黑的王八蛋之前,我死也不会离开。我倒是要看看,是我赢,还是那个王八蛋赢。"

SIGNAL
信号［上］

一

材韩中了狡猾的金范周的圈套，错失证据。他又一次咬紧牙关。

"过去是可以改变的。"

善一精神病医院后山，只有阴冷的风，没有人迹。浑身是血的材韩瘫坐在地，正在呼叫。他连说话的力气也没有，只是断断续续地传达信息。

"不要放弃。"

这是发给海英的无线信号。这时，远处黑暗的山里传来了轻微的脚步声。材韩疼痛难忍，却没能听到这个声音。

嘀嘀，嘀嘀。

呼叫停止了，材韩连拿电话的力气都没有了。他扔掉对讲机，喘起了粗气。

这时，一个人出现在他的面前，手里拿着枪。材韩抬头看他。那人慢慢地把枪口对准材韩，扣动扳机。

砰！

一颗子弹穿过荒凉的树林。材韩无力地倒下了，甚至没来得及收回张开的双臂。那人两眼通红，低头看着材韩。

正是安治守。

未完待续

呼叫又开始了。
夜里23点23分。

不知从哪里传来刺刺啦啦的对讲机杂音。

海英回过神来,跑过去从包里拿出对讲机。

"李材韩刑警?刑警先生,是我。朴海英!多亏您,金允贞绑架案得以破案。您看新闻了吧?可是,徐亨俊尸体在善一医院的事,您是怎么知道的?"

对讲机那头传来材韩粗重的喘息声。

"您到底在哪个署?我怎么也找不到您,而且您是怎么知道我的?"

疑虑重重的海英接连问了好几个问题。材韩低沉地说道:

"朴海英警卫……这恐怕是我最后一次通话了。"

"这话……是什么……"

"这并不是结束,无线通话还会重新开始。到时候您必须劝说我,劝说1989年的李材韩……过去是可以改变的,千万不要放弃。"

图书在版编目（CIP）数据

信号. 上 /（韩）金银姬，（韩）李仁熙著；薛舟，徐丽红译. -- 北京：中国友谊出版公司，2023.4
ISBN 978-7-5057-5170-5

Ⅰ. ①信… Ⅱ. ①金… ②李… ③薛… ④徐… Ⅲ. ①长篇小说－韩国－现代 Ⅳ. ① I312.645

中国版本图书馆 CIP 数据核字（2021）第 043631 号

著作权合同登记号　图字：01-2023-0848

시그널 1（SIGNAL1）

Copyright © 2016 by 김은희 (Kim Eun Hee, 金銀姬), 이인희 (Lee In Hee, 李仁熙)
All rights reserved.
Simplified Chinese Copyright © 2023 by KL PUBLISHING INC.
Simplified Chinese language edition is arranged with Beijing Xiron Culture Group Co., Ltd.
through Eric Yang Agency

书名	信号（上）
作者	［韩］金银姬　［韩］李仁熙
译者	薛舟　徐丽红
出版	中国友谊出版公司
发行	中国友谊出版公司
经销	新华书店
印刷	三河市中晟雅豪印务有限公司
规格	880×1230 毫米　32 开
7.5 印张　170 千字
版次	2023 年 4 月第 1 版
印次	2023 年 4 月第 1 次印刷
书号	ISBN 978-7-5057-5170-5
定价	45.00 元
地址	北京市朝阳区西坝河南里 17 号楼
邮编	100028
电话	（010）64678009

如发现图书质量问题，可联系调换。质量投诉电话：010-82069336